Les défendre tous

Vincent Vantighem

Les défendre tous

éditions du
ROCHER

Éditions du Rocher
28 rue Comte Félix Gastaldi – BP 521 – 98015 Monaco

www.editionsdurocher.fr

ISBN : 978-2-268-11018-9
EAN epub : 9782268110653

À Louise

« Ceux qui rêvent éveillés ont conscience de mille choses
qui échappent à ceux qui ne rêvent qu'endormis... »
Edgar Allan Poe

« Mon style, c'est l'Opinel. Et j'étrangle à mains nues !
Montigny, c'est pas moi ! »
Francis Heaulme

Préface

Lorsque Vincent Vantighem m'a proposé d'écrire la préface de son ouvrage, j'ai longuement hésité avant d'accepter. Je me suis en effet demandé quelle pouvait être ma légitimité, moi, magistrat du ministère public, à parler d'une profession que je n'ai jamais exercée et qui poursuit sa mission propre, celle de défendre les justiciables et de les défendre tous « avec dignité, conscience, indépendance, probité et humanité » pour reprendre les termes du serment actuellement prêté par les avocats. C'est en effet l'honneur de l'avocat de défendre toute personne en justice, y compris celles dont la cause est désespérée, et qui ne paraissent pouvoir bénéficier d'aucune circonstance atténuante. Et c'est bien le devoir du magistrat d'être encore plus attentif dans ces situations et de peser tous les arguments, même si certains vont à contre-courant de l'opinion publique comme on a pu le voir dans quelques grandes affaires criminelles.

C'est tout le sens du procès équitable. Comme le disait Pierre Truche, ancien procureur général puis premier président de la Cour de cassation, « il faut voir un homme en tout homme, fût-il le plus odieux des criminels. On juge un homme, non une bête, et c'est parce que c'est un homme qu'on peut le juger ». La mission de l'avocat est donc de défendre son client et c'est à l'audience que cette défense se révèle dans toute sa stratégie et sa complexité, particulièrement dans les affaires criminelles.

À l'audience, les avocats disposent d'une liberté entière de parole, même si cette liberté n'est pas absolue. Ce sont les « combattants du verbe nu », pour reprendre la belle expression d'un ancien bâtonnier de Seine-Saint-Denis, ceux dont la robe, comme l'écrivait Balzac, « porte le deuil des vertus et des illusions ».

Les avocats sont des empêcheurs de tourner en rond, c'est dire combien ils sont indispensables à l'œuvre de justice. Le magistrat n'a donc pas à s'interroger sur le choix par le justiciable de son avocat, il n'a pas plus à s'interroger sur l'étendue du litige qui lui est soumis ou sur le système de défense mis en place qui relève de la seule responsabilité de l'avocat. Il a seulement pour tâche d'apprécier les arguments développés et de les accepter ou de les rejeter, s'il n'est pas convaincu, par une décision motivée.

L'avocat doit donc dire tout ce qui est en faveur de son client et pas seulement ce qui convient au juge. Comme le disait le bâtonnier Roger Merle, « nul ne peut faire grief à un avocat de plaider s'il le veut, vent debout, à contre-courant de l'histoire, des préjugés injustes ou des apparences parfois trompeuses du bon droit ». Au contraire, il est là pour ça.

L'avocat est indispensable à la garantie des droits et des libertés dans notre société démocratique. Dans le procès, l'avocat « qui parle pour » est un interprète qui va traduire dans un langage audible pour la communauté des juges et des jurés le discours d'une personne dont la parole ne peut être entendue en direct. Cela implique qu'il l'écoute, qu'il essaie de le comprendre et qu'il puisse cerner la personnalité profonde et le mode de fonctionnement de son client, sa véritable histoire et ce qui l'a poussé à commettre ce dont il est accusé.

À travers les dix affaires qu'il aborde dans des domaines très différents (affaires criminelles et correctionnelles et même civile), l'ouvrage de Vincent Vantighem a l'intérêt et l'originalité de présenter et de mesurer toute la complexité et l'humanité des relations entre l'avocat et son client et tout le processus de construction de la défense.

François Molins

Avant-propos

C'est un jeudi d'octobre que j'ai découvert la justice. L'automne tardait à déployer ses bourrasques et ses averses. Il faisait doux sur les Hauts-de-France et la lumière se réfléchissait sur les pavés de la cour d'appel de Douai. Elle nous obligeait à plisser les yeux. Dans le box de la cour d'assises, cette semaine-là, on jugeait un homme d'apparence somme toute banale qui avait commis le pire crime qui soit : tuer un enfant de cinq ans. L'accusé avait mis un mois et demi à commettre son forfait. Coups de couteau, brûlures de cigarettes, bains glacés : David Da Costa avait même frappé les testicules du petit Marc à l'aide d'une grande cuiller en bois. La même qui servait à touiller la soupe…

Ce jeudi-là donc, c'est François, le grand frère de Marc, qui est venu à la barre. Pour se donner du courage, il avait emmené son doudou. Un Diddl coloré comme ceux qui peuplaient, à cette époque, les chambres des enfants de son âge. Du haut de ses 9 ans, il a commencé à répondre poliment au président qui l'interrogeait sur ses bons résultats scolaires. Le bambin savait bien qu'il n'était pas venu dans ce lieu tout en boiseries et moulures pour montrer son bulletin de notes. Mais pour raconter le calvaire de son frère. « À la fin, Marc pleurait, mais il n'y avait plus de larmes dans ses yeux… », balança-t-il dans une ambiance pesante. La cour d'assises n'avait pas besoin de son témoignage pour réaliser l'horreur des faits. Aussi, le président invita le petit garçon à dire ce qu'il avait envie de dire. Besoin de dire.

« Je ne veux plus qu'il fasse de mal », poursuivit-il à l'attention du principal accusé, avant de refréner un sanglot pour mieux s'adresser à celle qui partageait le box de l'accusé : sa mère, jugée pour avoir laissé son amoureux s'en prendre à la chair de sa chair sans réagir… « J'ai réfléchi. Elle a fait des bêtises. Je ne veux plus la voir. Je suis très en colère. Je veux qu'elle arrête de m'envoyer des lettres ! » À ce moment-là, toute la cour avait le regard rivé sur ce garçonnet bien trop jeune pour être là. Moi, je regardais l'homme situé juste à sa droite. Au plus près de lui. Son avocat qui, d'une main sur son épaule, tentait de lui insuffler autant de courage que de compassion. De l'autre, je le vis alors déployer les pans de sa grande robe noire. Non par élégance. Mais pour le dissimuler à la vue de sa mère qui, d'un bond, s'était levée dans le box pour pouvoir s'adresser à lui, avant d'être ramenée au silence d'un geste ferme par le président d'audience. « C'est donc ça, la justice », me dis-je alors que le magistrat levait cette audience qui avait charrié suffisamment de douleur pour la journée.

Au fil du procès, un accord tacite avait été conclu entre toutes les parties. Le genre d'accord que personne n'a besoin de dire et encore moins d'écrire. À la fin de chaque journée d'audience, il était convenu que l'on s'accorde une pause de dix minutes pour digérer l'horreur avant de reprendre le fil de nos vies. Dans la cour pavée, les journalistes posaient caméras et micros. Les avocats gardaient le silence. Certains prenaient un café à la machine, déjà convaincus qu'ils ne dormiraient pas de la nuit. D'autres s'allumaient une cigarette, le regard vide. Ce jeudi-là, je me souviens avoir passé ce moment à regarder Alain Rosenthel, l'avocat de François. Avec autant d'admiration que de circonspection. Comment pouvait-il faire ce métier ? Où trouve-t-on les mots pour rassurer un enfant de 9 ans dont le frère a été martyrisé sous ses yeux ? Et surtout, comment peut-on vivre en chargeant sur son dos une partie du fardeau de souffrance de ses clients ? Jour après jour. Tout au long d'une vie. Quinze ans après, je me pose toujours ces questions. Mais j'ai compris qu'il ne pouvait en être autrement.

À une dizaine de mètres d'Alain Rosenthel, il y avait aussi Frank Berton. Regard sombre rivé au sol, il faisait les cent pas sur les pavés comme s'il voulait les cartographier avec le plus de minutie possible. Ou plutôt trouver une brèche dans cette affaire qui semblait bien mal embarquée pour lui et qui promettait la réclusion criminelle à perpétuité à son client. Car le pénaliste, encore auréolé de sa défense dans l'affaire d'Outreau, défendait David Da Costa. C'est là que la question me vint pour la première fois. Comment peut-on défendre ce type de personne ? Comment défendre un monstre ? Je ne savais pas encore que Frank Berton et moi allions cheminer, les années suivantes, dans les cours d'assises de France. Je ne savais pas encore que nous serions liés à vie par le simple fait d'avoir assisté à ces séances du théâtre de la vie. Un soir que nous buvions une bière au bistrot face au palais de justice, je posai la question. « Pourquoi je m'occupe de cas comme ça ? reprit-il interloqué. Mais parce qu'il faut les défendre ! Les défendre tous ! »

*

Pas besoin de grande plaidoirie. Seul un impératif de justice. Défendre le pire de l'humanité pour ne pas sombrer dans l'inhumanité, dans la vengeance, dans la facilité, dans l'anarchie. Ne placer aucun être humain au-dessus d'un autre. Une évidence qui paraît pourtant encore menacée, aujourd'hui, dans une société où certains trouvent qu'il serait plus simple d'aiguiser les couteaux que de tenter de comprendre les autres. Comprendre le monde dans lequel on vit.

« Les défendre tous ! », donc. Ainsi que l'écrivait Albert Naud dans son autobiographie publiée en 1973 mais qui sert encore de livre de chevet, d'antienne, à tous les pénalistes de France. « Les défendre tous ! » Ce sont aussi les mots que m'ont lâchés les dix avocats que je suis allé rencontrer pour les besoins de cet ouvrage. La question ne se pose pas mais, pour certains, elle s'est posée. Ne serait-ce qu'un instant. Comme Grégory Vavasseur, bombardé avocat de Michel Fourniret, le « tueur en série le plus abouti de France ». Ou Xavier Nogueras, contraint de composer avec la personnalité fantasque de Jawad Bendaoud, premier homme à répondre en justice de son implication dans les attentats du 13 novembre…

Chacun voit midi à sa porte. Et les avocats ont toujours des bonnes raisons de défendre un homme ou une femme. L'aspect financier ? Pas vraiment, pour des pénalistes pur jus qui savent qu'ils auraient pu gagner beaucoup plus d'argent en se consacrant au droit des affaires dans lequel le port de la robe n'est pas forcément nécessaire. Non, eux ont besoin d'enfiler ce costume noir. De refermer les trente-trois boutons un par un. Comme on plisse précautionneusement un maillot de sport avant d'entrer sur le terrain. Car ils font équipe avec leur client. Ils dépassent leurs fonctions. Ils se dépassent. De façon anecdotique parfois, comme lorsque Grégory Saint Michel emmène son client somalien voir la campagne après quatre années de détention pour rien à six mille kilomètres de chez lui. Ou Fabienne Roy-Nansion qui, la cinquantaine approchant, se replonge dans la philosophie pour tenter de cerner sa cliente qui a abandonné son bébé aux flots glacés parce qu'elle entendait des voix…

C'est en faisant bien plus que leur travail qu'ils les défendent tous. En se heurtant souvent aux murs d'une justice quelquefois rigide. En voyant parfois leurs certitudes vaciller. Mais en cherchant, toujours, la petite étincelle de lumière dans la noirceur de l'âme. Auxiliaires de justice, ils ont fait le serment d'agir avec « dignité, conscience, indépendance, probité ». Mais surtout avec « humanité ». Et c'est pour cela qu'ils ne sortent jamais indemnes d'une affaire. Que, même après avoir remisé les tomes de procédure aux archives, ils vivent avec les fantômes de leurs clients. Ce sont leurs histoires qu'ils ont accepté de me confier. Ce sont leurs histoires que j'ai voulu raconter.

Chapitre 1

Maître Grégory Saint Michel et Abdulqader, le « pirate »

À quoi pense-t-il exactement ? À ces étendues de sable blanc ? À ce soleil qui fait plisser les yeux, effaçant les frontières entre le ciel et la mer ? Ou à sa femme Nema et à son fils de 4 ans qui doivent se demander où il est passé ? Sans doute un peu à tout ça... Ce vendredi d'avril 2008, en fin d'après-midi, Abdulqader est perdu. On lui a bien ôté la cagoule qui lui cachait la vue depuis cinq jours, mais il ne voit toujours pas clair.

Tout ce qu'il distingue est un couloir étroit étrange. Avec des moulures au plafond et des portes en bois sculpté. C'est la galerie Saint-Éloi, au sein du tribunal de Paris. Celle qui donne sur les bureaux des juges d'instruction les plus redoutés de France. Au fond de ce couloir, il y a un petit box vitré d'un mètre sur un mètre, qui en ce lieu paraît irréel. Encore plus lorsqu'on culmine à 1,90 m de hauteur comme lui. Poussé par deux gendarmes, Abdulqader avance vers un homme qui semble l'attendre dans ce réduit. Un homme barbu au visage doux.

– Bonjour. Je m'appelle Grégory Saint Michel. Je suis votre avocat. Vous allez être présenté à un juge d'instruction. Vous allez être mis en examen et, sans doute, placé en détention provisoire…

– Je suis où ?

– Vous êtes au tribunal de Paris…

– C'est où ?

– Paris, en France…

– Je ne sais pas. C'est où ?

– La France… C'est un pays d'Europe…

Épaulé par un interprète, Grégory Saint Michel s'aperçoit que son tout nouveau client est largué. Ahuri presque. Et rien à voir avec le décalage horaire… Il a alors l'idée de sortir son agenda. Il le feuillette rapidement pour atteindre la page de garde où se trouve un planisphère. Du doigt, il pointe d'abord Mogadiscio, la capitale de la Somalie, puis remonte jusqu'à Paris, 6 200 kilomètres plus au nord…

– On est là !

– Ma famille va pouvoir venir me voir ?

– Oui. Nous pourrons demander un permis de visite.

– C'est à combien de jours de chameau ?

– Euh, non. On ne peut pas venir comme ça. Il faut prendre l'avion…

Abdulqader se met alors à pleurer doucement. Quelques minutes plus tard, il est mis en examen par le juge Patrick Gachon. Et le soir même, il dort derrière les barreaux d'une cellule de la prison de la Santé, dans le 14e arrondissement de Paris. À ce moment-là, il n'imagine pas qu'il mettra un peu plus de quatre ans à en sortir. Son avocat non plus.

*

Âgé de 36 ans, Grégory Saint Michel est, cette année-là, le onzième secrétaire de la Conférence du stage. Une institution qui élit les jeunes avocats les plus éloquents et à qui elle confie les affaires les plus sensibles. Comme celle d'Abdulqader. « On était plusieurs secrétaires à être réquisitionnés, se souvient-il aujourd'hui. Il y avait six pirates à défendre. Et un seul exemplaire papier du dossier dont on se partageait les feuilles volantes. Mais on connaissait déjà l'histoire. On avait regardé les infos ! »

Quelques jours plus tôt, les journaux télévisés ont en effet ouvert leurs éditions de 20 heures par la prise d'otage du *Ponant*. Ce trois-mâts de luxe, long de 88 mètres, revient d'une croisière aux Seychelles et remonte vers l'Égypte quand il est pris d'assaut par les « Somali Marines », une bande de pirates qui grenouille dans le golfe d'Aden. Fusils d'assaut AK-47 et lance-roquettes RPG-7 : les assaillants tiennent en respect trente membres d'équipage devenus, au gré des vagues, des otages.

À Paris, c'est le branle-bas de combat. Réunion de crise à l'Élysée : Nicolas Sarkozy et son Premier ministre, François Fillon, décident d'envoyer les forces spéciales. Dix-huit membres du prestigieux commando Hubert sont largués sur zone. En parallèle, les négociations débutent. Les pirates laissent *Le Ponant* dériver doucement vers le sud. Ils fixent leurs conditions financières à la société CMA-CGM, l'armateur du *Ponant*. Et tuent le temps en mâchant du khat, cette herbe hallucinogène qui noircit les dents et embrume les esprits. Quand ils ont faim, ils font venir à bord une chèvre qu'ils grillent à même le pont.

Le 11 avril, après six jours de négociations tendues, trois militaires français remettent, sur un zodiac en pleine mer, un sac contenant 2,15 millions de dollars américains à trois représentants des pirates. Les billets sont examinés avant la libération des otages. Le compte est bon : les « Somali Marines » s'éparpillent en mer sur plusieurs embarcations qui rejoignent la côte au niveau du village de Garaad, au sud de la corne de l'Afrique. Le village d'Abdulqader…

Tout le monde est sain et sauf. L'affaire aurait donc pu s'arrêter là. Mais la France a mis les gros moyens. Et, en haute altitude, un avion *Atlantique II* équipé d'un radar repère un 4X4 quittant la plage à vive allure. Quatre hélicoptères décollent. Et une centaine de kilomètres plus loin, sur une piste poussiéreuse au milieu du désert, le véhicule des suspects est stoppé net par la balle d'un sniper tirée en plein dans le moteur. Comme dans les films américains… Les commandos marines descendent autour de la carcasse encore fumante du 4X4. Ils interpellent et embarquent immédiatement ses six passagers.

À Paris, on se satisfait de cette issue favorable. Mais on pense déjà à la suite. Il faut montrer à la population qu'elle pourra toujours compter sur les autorités pour les sortir d'un mauvais pas, même à l'autre bout du monde. Et à la scène internationale que la France est toujours un pays qui compte. Encore plus en Afrique… Décision est donc prise de rapatrier les six suspects dans l'Hexagone pour qu'ils y soient poursuivis, jugés et, éventuellement, condamnés.

À l'Assemblée nationale, François Fillon se charge du service après-vente de l'opération politique. Sur la base de deux notes vocales des autorités somaliennes, pourtant engoncées dans un pays en plein chaos, la justice valide la procédure. Et il n'y a personne pour se demander comment la France aurait réagi si, à l'inverse, la Somalie avait arrêté six Français sur notre sol avant de les rapatrier en Afrique pour les juger et les incarcérer là-bas ? Absolument personne…

*

Abdulqader, lui, se moque des contingences diplomatiques. Son problème est beaucoup plus terre à terre : quitter le couloir du juge d'instruction et rentrer chez lui. Car, évidemment, il fait partie des six passagers du 4X4 qui ont été appréhendés. Sauf que lui n'a rien à voir avec la prise d'otage du *Ponant*. « Dès le premier jour, il m'a dit qu'il n'y avait pas de problème, sourit aujourd'hui Grégory Saint Michel. Qu'il allait tout raconter au juge. Qu'il allait expliquer qu'il n'y était pour rien. Et qu'il allait donc rentrer chez lui… Il en était persuadé. »

Son plan ne s'est pas vraiment déroulé sans accroc. Car les militaires ont retrouvé 1 000 dollars dans ses poches. Soit 0,0005 % de la rançon. Une part infime. Mais suffisante pour le mettre en examen et le placer en détention. « Dès le départ, il a expliqué que son frère était l'un des preneurs d'otages et qu'il lui avait donné ces fameux 1 000 dollars. Il a tout balancé, poursuit son ancien avocat. En précisant que lui n'avait jamais été sur le bateau… Qu'il n'avait rien à voir avec tout ça… »

Autant prêcher dans le désert. À 30 ans, Abdulqader découvre les murs de la prison de la Santé. Dans les coursives, personne ne parle le somali. Il décline petit à petit. Sans rien comprendre. Et à force de se demander s'il n'est pas, à cet endroit, dans un mauvais film, il finit par s'inventer un scénario. « Quand j'allais le voir en détention, il me racontait qu'il était menacé. Que l'un des surveillants de la prison était habité par un esprit somalien. Et qu'il était là pour le tuer », continue son avocat. Pour Abdulqader, la menace vient de la nourriture qu'on lui sert quotidiennement. « Il était persuadé qu'on voulait l'empoisonner… » Il cesse donc de s'alimenter. À la place, il lui arrive de boire son shampooing. Ou même, parfois, de l'eau de javel. Et aussi de descendre complètement nu dans la cour de promenade. Ce qui n'arrange en rien ses rapports avec les autres détenus.

Quelques mois plus tard, Grégory Saint Michel obtient du juge que son client soit expertisé. Le diagnostic tombe : syndrome de Ganser. Un trouble dissociatif qui touche les personnes soumises à un enfermement spatial et culturel. « Il n'avait pas la télé dans sa cellule. Il ne parlait à personne. Il ne comprenait rien de ce qui lui arrivait », se désole son conseil. Problème : les effets de la maladie sont irréversibles.

Abdulqader doit désormais vivre avec. Le juge consent à ce que le jeune homme de 30 ans soit suivi par un psychiatre. Il semble alors aller un peu mieux. Jusqu'au jour où son avocat lui demande comment se déroulent les consultations.

– Tu as vu le docteur ?

– Oui, oui.

– Et vous parlez un peu ?

– Non… Il n'y a pas de traducteur. Du coup, on ne se dit rien…

*

En parallèle, l'enquête avance. Elle n'est pas très compliquée. Les membres d'équipage du *Ponant* ont reconnu les pirates sur planches photographiques. Ils assurent que ce sont bien eux qui les tenaient en joue avec des fusils d'assaut sur le pont du bateau. Mais, en mars 2020, un grain de sable vient enrayer la machine judiciaire. France 3 diffuse « Pirates à bord : au cœur d'une prise d'otages ». Pour les besoins de ce documentaire, plusieurs membres d'équipage ont accepté de jouer leur propre rôle d'otages. Les pirates, eux, sont campés par des acteurs. Les avocats de la défense s'insurgent contre le procédé. Hurlent que tout cela viole la présomption d'innocence. Mais ils ne parviennent pas à empêcher la diffusion. Heureusement pour eux… Le soir venu, bien installés dans leur canapé, ils découvrent que France 3 est parvenue, aussi, à récupérer les images « exclusives » de l'intervention militaire. Le film complet allant de la plage où les pirates ont accosté jusqu'au désert où ils ont été stoppés.

Ces images, ils les ont justement réclamées pendant des mois. En vain. « Ce soir-là, on a compris pourquoi… », résume Grégory Saint Michel.

Comme dans un jeu vidéo, les images, filmées par le radar de l'*Atlantique II*, dévoilent donc le trajet pris par le 4X4 de la fameuse plage de Garaad jusqu'à la piste poussiéreuse vers Garowe, une centaine de kilomètres plus loin. Mais elles révèlent surtout que le véhicule s'est arrêté dans un village en cours de route. « Et là, on voit clairement une énorme mêlée autour du véhicule, raconte Grégory Saint Michel. Il y a des gens qui montent dedans. D'autres qui en descendent. Une vraie fourmilière ! » Et pour lui, ça change tout. « Après ça, on a compris que ceux qui étaient dans le 4X4 au départ n'étaient peut-être pas ceux qui ont été arrêtés à l'arrivée… » Et notamment qu'Abdulqader avait pu monter dans le véhicule, alors qu'il était dans le village. Autrement dit, sans jamais avoir mis un pied sur *Le Ponant*, comme il le prétend depuis le départ…

Mais la justice doit passer. Les juges d'instruction ne regardent pas la télé, mettent la tête dans le sable pour ne pas voir la polémique et organisent une reconstitution. En juillet, *Le Ponant* mouille justement dans le port de Marseille. L'occasion est trop belle pour ne pas faire le voyage. Les six Somaliens sont extraits de leurs cellules et conduits sur place. L'état de siège a été décrété dans la cité phocéenne. Le GIGN sécurise les lieux. Autour de *Ponant*, des zodiacs font des ronds dans l'eau au cas où l'un des mis en cause aurait la sombre idée de sauter par-dessus le bastingage. Comment le pourraient-ils ? Avant d'embarquer, on les a équipés d'un harnais afin qu'ils soient tenus en laisse par les gendarmes. Comme des chiens…

Mais sur le pont, les choses ne se passent pas comme prévu. Les anciens membres d'équipage du *Ponant* regardent les pauvres hères décharnés par des mois de détention. Et ils doutent. Ils ont du mal à les reconnaître. Ils ne ressemblent pas forcément aux clichés qu'on leur avait présentés. Tout ça commence à dater maintenant… Le cuisinier par exemple, qui avait formellement identifié Abdulqader, n'est plus aussi catégorique… Les avocats de la défense rentrent à Paris en se disant qu'ils ont marqué des points. Mais non… Le 16 mars 2011, les juges signent l'ordonnance de mise en accusation qui renvoie les six Somaliens devant une cour d'assises.

*

Le 5 mai 2012, le procès de la prise d'otages du *Ponant* s'ouvre donc à Paris. Quatre semaines d'audience pour tenter d'y voir clair. Les six accusés sont jugés pour « enlèvement et séquestration » et « vol en bande organisée ». Ils encourent la réclusion criminelle à perpétuité. Dès le premier jour, cinq des six hommes assis dans le box clament leur innocence. Un seul reconnaît avoir participé au fric-frac en eaux troubles. Abdulqader, lui, se contente d'indiquer qu'il n'a jamais été sur ce bateau. « Il était là dans le box mais il n'était pas vraiment là, se désole Grégory Saint Michel. Tout le monde voyait qu'il ne comprenait rien à ce qu'il se passait. Trop atteint par ce syndrome de Ganser. Il souriait un peu bêtement. Il avait juste l'air heureux de sortir de sa cellule pour quelques heures… »

Fantôme à son propre procès, Abdulqader écoute donc, sans vraiment s'en rendre compte, des enquêteurs de personnalité raconter sa vie. Cela fait quatre ans qu'il est détenu en France. Mais personne, à de rares exceptions près, ne s'est vraiment intéressé à l'homme qu'il était avant qu'il ne mette un pied sur cette galère judiciaire. La cour, elle, écoute. Et découvre donc l'histoire d'Abdulqader Guled Saïd né en 1980 à Garowe, fils de Saïd Guled et Hawa Hassan. Elle comprend d'ailleurs que son père est mort lorsqu'il était en détention et qu'il n'a, évidemment, pas pu lui dire au revoir. Elle apprend aussi qu'Abdulqader était marié à Nema Aboulaye depuis 2003 et père d'un petit garçon, âgé de 4 ans. Une famille qu'il entretenait grâce à son activité de pêcheur de langoustes, quand c'était la « bonne saison ». Une famille dont il n'a plus de nouvelles depuis son déracinement forcé.

Mais l'accusation n'est pas sensible. Pour elle, l'essentiel de cette affaire est ailleurs : dans le témoignage des membres d'équipage qui ont « identifié » les pirates. Pour s'y retrouver, elle projette un tableau et coche des cases. Comme au jeu « Puissance 4 », elle doit aligner plusieurs croix pour gagner la partie. Dans la colonne d'Abdulqader, il y a peu de croix. Celle du cuisinier, qui l'avait d'abord reconnu avant de se mettre à douter, a été remplacée par un point d'interrogation. Mais en dessous, il y a celles de trois Philippins qui faisaient partie de l'équipage. Ils voguent désormais vers d'autres horizons. Mais la cour d'assises, soucieuse de faire émerger la vérité, a prévu de les entendre en visioconférence. Sauf qu'à l'époque, il y a de la friture sur la ligne. Le jour de leur audition, l'image ne passe pas. Le son, oui. Le temps que les techniciens règlent le problème, les trois Philippins devisent tranquillement sans savoir qu'ils sont écoutés, à des milliers de kilomètres, par une cour d'assises un peu gênée.

– Qu'est-ce qu'on doit dire déjà ?

– Je ne sais pas... Cela remonte à loin maintenant. Je ne m'en souviens plus...

– Ben, on n'a qu'à dire comme à l'époque, qu'on les reconnaît tous...

– OK, faisons comme ça alors.

Dans le prétoire, les avocats de la défense interviennent immédiatement. Grégory Saint Michel fait noter que plus personne ne reconnaît avec certitude Abdulqader comme étant l'un des pirates. Mais le parquet ne tremble pas. Et au moment de prendre la parole, l'avocat général se lève et requiert une peine de dix ans de réclusion à l'encontre du jeune homme qui, assis dans le box, ne comprend toujours rien à ce qu'il se passe. Après les plaidoiries de la défense, la cour se retire pour délibérer. Les avocats traversent le boulevard et se posent aux Deux palais, le café en face du tribunal. Ils boivent des coups en attendant fébrilement d'être rappelés pour connaître le verdict. Quelques heures plus tard, celui-ci tombe : Abdulqader est acquitté.

La nuit est déjà avancée. Mais quelques caméras des chaînes d'information en continu sont présentes pour recueillir les réactions des avocats. Chez elle, l'épouse de Grégory Saint Michel s'étonne quand elle voit le visage d'Augustin d'Ollone apparaître à l'écran. Certes, avec son mari, il a défendu Abdulqader depuis le premier jour. Il est tout aussi légitime. Mais elle se demande pourquoi son mari n'est pas là. Par texto, elle l'engueule, même. Mais l'avocat ne peut pas. À l'énoncé du verdict, il s'est enfermé dans les toilettes du tribunal pour se mettre à pleurer. À relâcher la pression. À réaliser que son client est libre. Et qu'il a passé quatre ans en prison, loin des siens, pour rien. Quatre ans passés derrière les barreaux à en devenir fou…

*

Vers minuit et demi, l'avocat gare sa voiture rue de la Santé. Et avec Augustin d'Ollone, ils attendent qu'Abdulqader franchisse, enfin, la lourde porte de la prison. « Je n'ai jamais été chercher un client à sa sortie de détention, avoue Grégory Saint Michel. Le seul pour qui je l'ai fait, c'est Abdulqader. Mais lui, c'était différent. Si je n'étais pas venu, il serait mort sur un bout de trottoir… » De fait, son client ne comprend toujours pas trop ce qu'il se passe lorsqu'il apparaît dans la rue vers 2 heures du matin. Dans ses mains, deux tickets de métro, deux chèques-déjeuners et une carte de téléphone créditée de 7 euros… Le « kit indigent » remis par l'administration pénitentiaire aux plus pauvres. Ses codétenus se sont aussi cotisés pour l'aider : au fond de ses poches, résonnent 5,70 euros de mitraille…

Mais Abdulqader est toujours perdu. Dans une ville qu'il n'a jamais vue alors qu'il y a passé quatre ans. Il marche au milieu de la rue, ne comprenant pas à quoi servent les trottoirs. Il s'émerveille des couleurs rouge, orange et verte qui clignotent. Pourtant, il n'a que peu de route à faire. Au débotté, ses avocats ont trouvé une compatriote qui vit dans la rue de la Santé et accepte de l'héberger pour une nuit. Dans l'immeuble, il redoute de monter dans cette étrange machine qui permet de grimper les étages sans effort. Et se demande pourquoi, ici, on enterre les voitures sous les maisons.

Les avocats, eux, n'en ont pas fini avec lui. Côté pile : il est libre. Côté face : il est en situation irrégulière sur le sol français. Car la France n'a eu aucun mal à le faire venir sur son sol pour le poursuivre en justice. Mais refuse, désormais, de lui accorder le droit d'asile. Les avocats activent leurs réseaux pour trouver une solution. Ce n'est pas simple : Abdulqader ne rentre dans aucune case prévue par l'administration. En attendant, il erre de foyer en foyer.

Ses deux avocats ne le lâchent pas. « On dit souvent qu'il faut dépasser la fonction d'avocat avec certains clients. Abdulqader en faisait partie, résume Grégory Saint Michel. C'était un client à part parce que sa situation était inédite. Dans toute ma carrière, c'est son histoire qui m'a le plus ému… Par exemple, aucun client ne m'a jamais fait la bise. Sauf Abdulqader. Parce qu'il m'aimait bien. Et qu'il en avait besoin… » À cette époque-là, l'avocat disparaît peu à peu. La robe noire est remisée. Il ne reste que l'homme. Celui qui est capable, sur un coup de tête, de louer une voiture pour emmener son ancien client en balade. « J'ai roulé sans but. On a pris l'A10. On avançait. Peu avant Orléans, je suis sorti pour lui montrer la campagne. Il m'a dit que les vaches étaient bien plus grosses que chez lui… » L'avocat s'arrête sur le bas-côté. Dans un pré, Abdulqader s'allonge dans l'herbe. Il y a un peu de soleil. Et il sourit. « Je pense que c'était la première et peut-être la seule fois de sa vie où il a pu s'allonger dans l'herbe », se souvient-il aujourd'hui.

Pendant ce temps-là, Augustin d'Ollone tente de trouver une solution à l'imbroglio diplomatique dans lequel se trouve le Somalien. Lui aussi se met à dépasser sa fonction. « Je n'ai jamais présenté aucun de mes clients à ma famille. Simplement parce qu'on ne fait pas confiance aux clients. Mais Abdulqader était différent. Je n'avais aucune raison de ne pas lui faire confiance… » Un week-end, Augustin d'Ollone décide de lui montrer « un autre visage de la France » que ses cellules de prisons et ses tribunaux. Et pourquoi pas le château de Tailly, situé dans la Somme, et qui appartient à sa famille, descendante du maréchal Leclerc, depuis des générations ? Flanqué de ses deux avocats, Abdulqader découvre donc le parc boisé, le logis et même le papier peint en grisaille de la salle à manger, datant du XVIIIe siècle. Pour l'occasion, il a même le droit de dormir dans la chambre du maréchal. Le lendemain matin, alors qu'il dévore, en guise de petit-déjeuner, du beurre à la petite cuiller sans même prendre la peine de le tartiner, Abdulqader lâche sans désemparer qu'il a préféré dormir par terre, le lit étant, selon lui, trop dur… « On a explosé de rire », se souvient Augustin d'Ollone.

À Paris, la situation de l'ancien « pirate » est toujours aussi confuse, du point de vue administratif. Et il en a marre. Après avoir un temps envisagé de rester en France, Abdulqader indique qu'il veut « enfin » rentrer chez lui. Mais ce projet lui est aussi interdit. La France n'expulse pas vers une Somalie incapable de fournir un laissez-passer consulaire. À force d'insister, les autorités cèdent. D'accord pour le laisser partir vers la Turquie où il pourra prendre un vol pour Mogadiscio, en accord avec les autorités turques. Il n'a beau avoir aucune certitude sur l'accueil qui l'attend sur place, Abdulqader valide. Grégory Saint Michel loue une petite camionnette. Et il emmène à l'aéroport tous ceux qui ont aidé son ancien client. Dans la salle d'embarquement, ce dernier pleure comme un gamin avant de décoller. « On ne savait même pas s'il pourrait vraiment rejoindre la Somalie, souffle l'avocat. Mais on a reçu un message disant qu'il était bien arrivé. » Depuis, le fil s'est un peu étiolé. Mais, de temps en temps, peut-être une fois par an, les avocats reçoivent des nouvelles de leur ancien client sur Facebook ou WhatsApp. Toujours par un de ses amis à qui il a pensé à parler de ses avocats. Son dernier message tenait en trois mots : « Abdulqader va bien ».

Chapitre 2

Le député gifleur et maître Jade Dousselin

Couleur grenadine, la Fiat 500 se gare prestement. La conductrice en descend tout aussi vite et s'engouffre dans son cabinet, en plein cœur de Paris. Elle dégaine son téléphone et envoie un SMS : « Bonjour Adrien, pour votre parfaite information, un journaliste m'a appelée. Il parle d'une rumeur vous concernant. A priori, rien d'autre. RAS. » Jade Dousselin attendra le lendemain matin pour obtenir une réponse d'Adrien Quatennens. « Rien à signaler », lui confirme-t-il alors. Bienheureux les ignorants… Nous sommes le matin du samedi 9 septembre 2023. L'avocate et son futur client ne pensent qu'à profiter des derniers jours de l'été tout en organisant leur rentrée. Ils ignorent que Céline Quatennens a poussé la porte du commissariat central de Lille, trois jours plus tôt, pour dénoncer des violences conjugales. Et qu'ils passeront les prochains mois de leurs existences dans un tourbillon…

Le dimanche, les journalistes commencent, en effet, à se faire plus précis dans leurs questions. Jade Dousselin relance le député La France insoumise (LFI) de la première circonscription du Nord. Celui-ci a compris de quoi il s'agissait. La veille, alors qu'il s'apprêtait à monter sur scène à la Fête de l'Huma pour prononcer un discours en fin d'après-midi, il avait découvert que sa femme avait dénoncé des violences conjugales. Il en informe son avocate. « Elle a déposé une main courante pour le divorce… Elle ne veut pas de médias, pas de poursuites. » Immédiatement, Jade Dousselin abandonne le mode écrit pour passer à l'oral. Et pendant une heure, elle écoute le député s'épancher sur ces treize ans de vie commune qui s'achèvent avec fracas. « Dès le départ, je sais que cela ne s'arrêtera pas médiatiquement, analyse, aujourd'hui, l'avocate. Juridiquement, c'est autre chose. À ce moment-là, j'ai encore de l'espoir… »

Pourtant, les accusations portées par Céline Quatennens sont graves. Est-ce son avocate, convaincue que cela appuierait sa demande de divorce, qui lui a conseillé d'aller voir la police ? Ou son père qui le lui a ordonné, après avoir aperçu des ecchymoses sur son corps, sur ses bras, dans son dos ? Peut-être un peu des deux. Quelle importance ? Le résultat est là. Le 7 septembre en fin d'après-midi, l'épouse du député a expliqué aux policiers que son mari l'avait violentée à leur retour de vacances, le 29 août, tandis qu'elle lui annonçait vouloir divorcer. Ce jour-là, Adrien Quatennens lui aurait « violemment saisi » le bras, assure-t-elle. Avant d'enchaîner sur l'épisode du 2 septembre lorsqu'il lui aurait arraché son téléphone des mains avant de la pousser contre un mur.

Elle détaille alors que ce n'était pas la première fois. Et de rappeler qu'elle avait déjà été « secouée » par le passé. Qu'il lui a aussi, un jour, asséné « une gifle ». Et qu'elle aurait même dû s'enfermer dans sa chambre pour éviter d'en subir davantage. Huit ans après leur mariage, trois ans après la naissance de leur fille, le couple Quatennens explose. À tel point que lorsque les policiers lui impriment un exemplaire de sa main courante, Céline Quatennens refuse de le prendre, indiquant craindre que son mari ne la trouve dans son sac à main. Fermez le ban…

*

Pour l'élu Quatennens, c'est le double impact. D'un côté, son couple qui vole en éclats en raison d'accusations dans lesquelles il ne se reconnaît pas. De l'autre, sa carrière qui risque de subir le même sort. « Pourtant, on n'est pas encore en alerte maximale, se souvient Jade Dousselin. On attend de voir ce que cela donne. Je commence à travailler sur le dossier. Dans les jours qui suivent, j'entends une petite musique monter. Et je me dis que tout cela va finir par sortir… » Pernicieuse, la rumeur d'une « affaire Quatennens » a parcouru les deux cents kilomètres qui séparent Lille de Paris en moins de temps qu'il n'en faut pour le dire. Elle a franchi les murs des rédactions qui, à ce stade, tentent de vérifier les faits. Et la pièce qui se joue présente deux faces opposées. Côté pile : une main courante faisant état de violences conjugales. Côté face : une rumeur laissant entendre que celle-ci n'a été déposée que pour nuire au député dans le cadre de son divorce. Ce n'est évidemment pas la même histoire…

Chargé de suivre ce dossier pour BFMTV, je me dis alors qu'une seule personne est en mesure de lever le doute : Céline Quatennens elle-même. Soit elle confirme avoir été victime de violences de la part de son époux ; soit elle reconnaît avoir exagéré les choses dans le but d'obtenir le divorce qu'elle souhaite. Je lance quelques pistes comme autant de bouteilles à la mer. Sans trop d'espoir.

Pourtant, le soir même, peu avant 23 heures, l'une d'elles débouche et mon téléphone sonne :

– Bonsoir. C'est Céline Quatennens. On m'a demandé de vous appeler. Je ne sais pas trop pourquoi…

– Ah ? ! Bonsoir. Merci de m'appeler. Pour tout vous dire, on sait que vous avez déposé une main courante faisant état de violences. Je cherche juste à savoir si ces informations sont justes ?

– Je ne veux pas de médias ! Je ne veux pas d'enquête pénale ! C'est ma vie privée !

– Je comprends bien. Mais cela ne dépend pas de moi…

– Je vous dis que je ne veux pas de médias et pas d'enquête pénale !

– Si vous avez déposé une main courante, il y aura sans doute une enquête…

– Mais je ne veux pas d'enquête ! Je ne veux pas que les médias en parlent non plus !

– Oui… Mais la seule question, tant du point de vue des médias que de la justice, c'est de savoir si votre mari a été violent vis-à-vis de vous. Si vous me dites que vous avez menti dans votre main courante, que vous avez exagéré les choses ou grossi le trait pour des raisons qui vous sont propres, ce n'est plus la même histoire…

– Je ne veux pas d'enquête pénale ! Je ne veux pas de médias !

– Je l'ai bien compris, mais, pour cela, il faut simplement dire ce qu'il s'est passé.

– Je ne veux pas d'enquête ! Pas de médias ! Je n'ai rien d'autre à vous dire. C'est ma vie privée.

Je raccroche, un peu sonné par cet échange glacial de quelques minutes à peine. Circonspect. Je n'en sais pas davantage sur cette affaire. Mais j'ai l'étrange sentiment que Céline Quatennens est dépassée. Comme si elle avait lancé un wagonnet sur les rails d'une mine et qu'elle venait de réaliser qu'elle ne pourrait, désormais, plus l'arrêter.

*

Mardi 13 septembre. Jade Dousselin reçoit un coup de fil de bon matin. *Le Canard enchaîné* s'apprête à « sortir » l'affaire. Le scoop est prévu pour l'après-midi même. La Fiat 500 zigzague dans les bouchons jusqu'à l'Assemblée nationale. « Je retrouve Adrien. Et on se met à travailler sur un communiqué… » Enfin, surtout elle. Le député est dans tous ses états. À la fenêtre d'une petite chambre de la résidence du Palais-Bourbon, il enchaîne clope sur clope sans savoir comment réagir. « On passe huit heures dans cette petite pièce. Et je vois sa vie s'effondrer… » Car à 15 h 37, le

Canard dévoile ses intentions. Et pour cela, quoi de mieux que Twitter, le réseau social à l'oiseau bleu ? Logique pour un palmipède. « La direction de #LFI s'inquiète d'une main courante qui vise Adrien Quatennens, déposée par son épouse. C'est ce soir à 22 heures sur lecanardenchaine.fr et demain dans les kiosques », plastronne le journal satirique.

Pas encore imprimé, l'article circule déjà sur les boîtes mail des journalistes politiques. Le député LFI tente de riposter. Il diffuse un « communiqué commun », rédigé dans la douleur avec son épouse. Quatre petits paragraphes dans lesquels il évoque une « dispute » intervenue dans un contexte de « séparation ». Et confirme donc que son épouse a déposé une main courante, en précisant qu'elle ne souhaitait aucune suite judiciaire et surtout que « les informations ne se retrouvent pas dans la presse ». La dernière phrase se veut menaçante : « Nous entendons protéger notre vie privée [...] et nous nous réservons le droit d'attaquer quiconque la bafouera ». Autant essayer d'éteindre un feu de forêt armé d'un pistolet à eau...

Mais l'objectif est ailleurs. Avec ce « communiqué commun », Adrien Quatennens veut surtout faire comprendre à tout le monde qu'il ne parlera pas. Enfin, qu'il ne parlera pas publiquement aux journalistes. Parce que dans l'intimité de son bureau à l'Assemblée, il répond à tous ses collègues de La France insoumise qui exigent des explications. Il admet qu'il n'est pas exempt de tout reproche, mais, un peu déconnecté de la réalité, ne comprend toujours pas pourquoi cela prend autant de proportions. Dans l'autre coin du réduit, Jade Dousselin, elle, joue les attachées de presse. « Tous les journalistes m'appelaient pour en savoir davantage. À ce moment-là, on temporise. Je pense que tout peut encore s'arranger, confesse-t-elle aujourd'hui. Mais quand je pars de l'Assemblée, je quitte un homme abîmé. Très seul dans son petit bureau. »

*

Jade Dousselin n'a pas vraiment le temps de s'appesantir. Elle doit se préparer au combat futur. Deux fronts s'ouvrent devant elle. Si l'aspect médiatique a déjà entraîné les premières escarmouches, l'aspect juridique pourrait être bien pire encore. Alors, pour éviter Verdun, l'avocate prépare ses troupes. Elle sait que le parquet de Lille a ouvert une enquête préliminaire, il ne peut en être autrement dès que des soupçons de violences conjugales apparaissent. Elle commence donc à constituer le dossier juridique. « J'appelle la famille d'Adrien Quatennens. Il me faut comprendre cet homme et son histoire pour le défendre. Je discute avec tout le monde. Mais je sais déjà que l'enjeu de ce dossier, c'est la gifle. Je me dis qu'il faut qu'on en parle avant que cela ne sorte dans la presse. J'ai la conviction qu'il nous faut parler aux policiers. Pas aux journalistes ! »

Parfois, la conviction pèse peu face à la *realpolitik*. Le 16 septembre, alors qu'elle atterrit en Corse pour célébrer le mariage d'un ami dont elle est témoin, Jade Dousselin est rattrapée par l'affaire. Mathilde Panot, cheffe de file des députés insoumis, est l'invitée du « Grand Jury RTL-Le Figaro-LCI » le dimanche suivant. Et elle ne peut pas rester comme ça. Elle sait qu'elle va être interrogée sur son collègue du Nord. Il lui faut des éléments. Il faut faire quelque chose. Alors, sur les hauteurs de Bonifacio, tandis qu'on célèbre l'amour dans un décor de rêve, l'avocate enchaîne les coups de fil. À l'autre bout de la France, chez ses parents dunkerquois, Adrien Quatennens décide de reconnaître les faits. Il a écouté les conseils contradictoires de ses amis politiques. Et il a pris sa décision. Impossible pour lui de contester, d'ergoter. De mentir en somme. Il se met à rédiger le communiqué dans lequel il admet avoir giflé sa femme. Le communiqué qui va tout changer.

Jean-Luc Mélenchon, Mathilde Panot, Manuel Bompard… Tout l'état-major de La France insoumise a un avis sur le texte. Ici, on propose d'ajouter une virgule. Là, on s'interroge sur le sens d'une formulation. Mais c'est Adrien Quatennens qui a le dernier mot. Comme s'il pouvait encore tout arrêter… Il est près de 23 heures quand Jade Dousselin reçoit le document définitif. « Je referme mon ordinateur au moment où on m'appelle pour aller célébrer les mariés, se souvient la pénaliste. Je prends une coupe de champagne. Je sais que demain sera terrible. » Elle a raison.

Dimanche 18 septembre. L'heure du déjeuner approche quand Adrien Quatennens publie un document de deux pages sur son compte Twitter. « Je ne connais pas le contenu de la main courante que mon épouse a déposée, lâche-t-il. Je sais les faits qui peuvent m'être reprochés et le plus simple est sûrement de les dire. » Voilà comment le député insoumis va à confesse. L'épisode du poignet saisi, la dispute où il lui a arraché son téléphone, les trop nombreux messages envoyés… Tout y passe. Y compris la fameuse gifle qui focalisera les regards. « Je pense que Céline a pu [face aux policiers] évoquer un autre fait daté d'un an : dans un contexte d'extrême tension et d'agressivité mutuelle, j'ai donné une gifle. Je l'ai donnée alors que cela ne me ressemble pas et cela ne s'est jamais reproduit. J'ai profondément regretté ce geste et je m'en suis alors beaucoup excusé. » Quand on relit sa prose, avec le recul, on se rend compte qu'il s'adresse encore et surtout à sa femme. Comme s'il pouvait encore la faire revenir vers lui.

Mais non. Et les tentatives de justification ne pèsent pas lourd face aux faits. Deux questions commencent à émerger. Comment le député d'un mouvement aussi progressiste que LFI a-t-il pu se rendre coupable de violences envers son épouse ? Et surtout, va-t-il pouvoir poursuivre la politique alors que, quelques semaines plus tôt, son nom figurait encore dans la liste des successeurs putatifs de Jean-Luc Mélenchon comme le dauphin potentiel en vue de l'élection présidentielle de 2027 ? Au « Grand Jury », Mathilde Panot s'en sort comme elle peut lorsqu'on lui soumet ces deux équations aux multiples inconnues. Comment faire autrement ?

Quelques heures plus tard, Jean-Luc Mélenchon apporte un répit inattendu dans cette séquence folle. Maladroit, sans un mot pour celle qui a reçu la gifle, il tweete sa « confiance » et son « affection » envers son poulain, salue sa « dignité » et son « courage » et dénonce la « malveillance policière et le voyeurisme médiatique ». La polémique change immédiatement de focale.

*

Mais le répit est de courte durée. Une semaine plus tard, Adrien Quatennens est convoqué au commissariat de police de Lille pour être entendu. Jade Dousselin a pris les devants pour le faire entrer par une porte dérobée. Mais, pour une fois – peut-être la seule dans cette affaire –, les journalistes n'ont pas été prévenus. Épuisé, son client s'installe. L'audition dure six heures. Adrien Quatennens tente de rééquilibrer la balance. Il donne une liste de témoins et évoque les menaces et violences qu'il dit avoir subies, lui aussi, de la part de celle qui est en train de devenir son ex-femme. Le repas avec des amis au cours duquel elle l'a humilié. Le jour où elle lui a dit qu'il n'avait qu'à se suicider, alors qu'il tentait de sauver son couple… Le policier écoute consciencieusement. Mais il prévient : « On a deux problèmes : d'abord, votre femme vient de transformer sa main courante en plainte. Et puis, elle prétend que vous continuez à la harceler, à l'inonder de SMS… » Quelques jours auparavant, Céline Quatennens a, en effet, envoyé le même message sur toutes les plates-formes avec lesquelles il était susceptible de lui parler. « Si tu m'écris encore pour autre chose que pour avoir des nouvelles de notre fille, je porte plainte ! »

Jade Dousselin accuse le coup. Son client reconnaît qu'il a envoyé beaucoup de messages, ces dernières semaines, pour tenter de faire infléchir Céline. Des SMS maladroits. Le choc est plus rude encore lorsqu'on le fait passer dans la petite pièce de l'identification judiciaire. Comme un vulgaire criminel, Adrien Quatennens est contraint de poser ses doigts dans l'encre pour faire enregistrer ses empreintes dans les fichiers. Lorsqu'on lui tend une petite ardoise avec son nom et qu'on lui demande de prendre la pose devant l'objectif, il craque. Dans l'entrebâillement de la porte, son avocate le regarde, esquisse un sourire et laisse aussi couler une larme, comme si cela pouvait le consoler. Elle sait que toutes ces informations finiront dans un fichier à côté de la case « Violences conjugales ». Avocate, conseillère politique, communicante, Jade Dousselin se mue aussi en bonne copine et passe les jours qui suivent à tenter de lui remonter le moral. Elle connaît, désormais, tous les détails de sa vie, jusqu'aux plus intimes. Alors, elle lui parle aussi d'elle pour essayer d'apaiser sa peine. Simplement pour que son client reste debout. Car, contrairement à lui qui est totalement perdu, elle sait que le pire reste à venir.

En coulisses, elle s'active. L'objectif est clair : éviter le procès public. La fameuse audience où un député serait contraint de déballer sa vie privée. Et, ce faisant, obérer les dernières chances de poursuivre sa carrière. Auprès de Carole Étienne, la procureure de la République de Lille, l'avocate milite pour une comparution sur reconnaissance préalable de culpabilité (CRPC). Cette audience de « plaider-coupable à la française » a cet avantage qu'il permet à un justiciable qui a reconnu les faits de négocier sa peine dans l'intimité toute relative du bureau d'un magistrat plutôt qu'à la barre d'une chambre correctionnelle devant la France entière. Tout le monde y a intérêt : Céline Quatennens qui fuit les médias comme la peste, la procureure qui ne souhaite pas que son tribunal se transforme en décor de télévision et

Adrien Quatennens, bien sûr, qui espère encore sauver le peu qui reste de son image. La date du 13 décembre est cochée.

*

Tout semble aller pour le mieux. Ou plutôt le moins pire. Mais trois semaines avant la CRPC, patatras ! Mercredi 23 novembre, en fin de matinée, une ligne rouge apparaît sur le fil de l'Agence France Presse qui sert de guide aux rédactions. « URGENT – Céline Quatennens dénonce des violences physiques et morales de la part de son mari depuis des années (Communiqué à l'AFP). » Alors qu'elle n'avait pas pris la parole publiquement depuis le début de l'affaire, la plaignante enfonce son ex. « C'est le big-bang, se souvient Jade Dousselin. Elle parle de pressions, de colères, de crises… Les gens pensent immédiatement que nous avons menti. Qu'elle vivait sous emprise. Les mots qu'elle choisit sont forts. Tout ce qu'elle dit ressemble à des violences conjugales permanentes. Alors que ce n'est pas du tout ça ! »

Alors pourquoi ? Pourquoi dire ça ? Adrien Quatennens décrypte la séquence auprès de son conseil. La veille, il s'est pris la tête avec Céline au sujet de la garde de leur petite fille. En représailles, Céline Quatennens a sorti l'artillerie lourde. Jade Dousselin sait que dans ce combat par communiqués interposés la procureure de Lille sera la seule juge de paix. Mais que proposera-t-elle comme peine ? Dans les rangs de l'état-major de La France insoumise, chacun y va de son pronostic.

Comme si elle disposait d'une boule de cristal judiciaire, Jade Dousselin tente d'expliquer les choses. Dans ce genre de dossier, hypermédiatisé, avec une personnalité publique et un fait grave de violence conjugale, le risque est réel. Mais elle se heurte à la volonté, sans doute inconsciente, des membres de LFI qui aimeraient bien que leur poulain ne soit pas trop puni pour mieux pouvoir le réhabiliter ensuite. Pour certains, le « soldat Quatennens » est encore sauvable. Lui le pense aussi, d'ailleurs. Sans prendre conscience de la gravité de la situation, il se rassure en épluchant la jurisprudence en la matière. Dans un tableau bien propre, il lit que les auteurs de faits tels que lui sont souvent punis d'un stage de citoyenneté. Voire d'une amende. Mais rarement d'une peine de prison, fût-elle avec sursis.

Lundi 12 décembre, en soirée, Jade Dousselin retourne encore la question dans sa tête tandis qu'elle se laisse tenter par une carbonnade flamande dans un estaminet d'une rue pavée du Vieux Lille. Elle a passé la journée au tribunal pour organiser la comparution de son client prévue le lendemain. Le thermomètre affiche -13° mais ce sera chaud, pense-t-elle.

*

Le lendemain matin, il n'est pas encore 7 heures que les médias prennent déjà position autour du blockhaus qui fait office de palais de justice de la capitale du Nord. Adrien Quatennens pénètre par l'arrière du bâtiment. Sans voir les quelques élus LFI du Nord qui, à l'entrée, sont venus le soutenir. Pas plus que les militantes féministes qui, pancartes à la main, exigent sa démission. Jade Dousselin, elle, les voit bien. Elle se rend compte que, pour la première fois de sa carrière, elle pénètre dans un tribunal sous les quolibets. Les quolibets de femmes… Simplement pour défendre un homme.

Mais il faut rester concentré. La procureure de Lille les attend dans son bureau. Carole Étienne commence par parler longuement à Adrien Quatennens de la gravité de l'acte, avant de faire une première proposition de peine. Six mois de prison avec sursis et une interdiction totale de contact avec son ex-femme ! Le coup est d'autant plus rude que le député ne l'avait, étrangement, pas vu venir. Assis dans le bureau, il ne bouge plus. Son avocate réclame de pouvoir s'entretenir, en tête à tête, avec son client. La procédure ne le prévoit pas vraiment. Mais la magistrate accepte. Il faut dire que Jade Dousselin laisse entendre que son client ne va pas accepter la peine… Dans ces conditions, autant aller au procès public ! Comme dans une négociation commerciale, la procureure fait un premier geste en baissant la peine à cinq puis, finalement, à quatre mois de prison avec sursis. L'interdiction de contact est aussi oubliée. Adrien Quatennens baisse la tête et accepte.

Le député passe alors dans la salle d'audience voisine où un juge du siège doit valider le dispositif. Emmitouflée dans une capuche à fourrure, son ex-femme est assise au premier rang. Le président de l'audience ordonne le huis clos. Le son ne passe pas. Mais à travers les portes vitrées du tribunal, les journalistes observent la scène. Adrien Quatennens est blanc comme un linge. Amaigri, nageant dans sa doudoune, il s'assoit à côté de son avocate. Depuis que l'affaire a éclaté, il a perdu dix kilos. Jade Dousselin le porte au sens propre comme au figuré. Le président de l'audience se retire pour délibérer. Il faut patienter un quart d'heure. Devant la salle d'audience, une quarantaine de journalistes font le pied de grue. Impossible de leur faire face à ce moment-là. La seule pièce pour s'isoler ? Une cellule du dépôt située dans les entrailles du palais de justice. « C'est un moment surréaliste où on se retrouve en cellule, le temps que le juge valide la procédure, se rappelle Jade Dousselin. On est pris d'un rire nerveux… »

Il n'y a pourtant rien de drôle. Quelques minutes plus tard, le magistrat met fin à l'attente. L'accord est validé. Adrien Quatennens est officiellement condamné à quatre mois de prison avec sursis pour avoir giflé son épouse et pour lui avoir envoyé beaucoup trop de SMS… Jade Dousselin s'occupe des journalistes tandis que le député saute dans une voiture. Personne ne sait alors que sa fille est hospitalisée et qu'il souhaite se rendre à son chevet avant d'attaquer le deuxième combat de cette journée.

*

Car, à Paris, la classe politique n'a rien manqué de l'audience. Et comme pour un feuilleton, elle s'interroge désormais sur la suite du scénario. L'état-major de La France insoumise est traversé par des vents contraires. Il ne s'attendait pas une peine aussi sévère. Alors, il hésite. Entre les tenants de la ligne dure qui réclament l'exclusion définitive du député

Quatennens. Et ceux qui pensent, encore, qu'il peut être réhabilité. Le téléphone vissé à l'oreille, Adrien Quatennens argumente toujours, sur la route qui le ramène à Paris. Il arrive à peine à l'Assemblée lorsque la deuxième sentence tombe : quatre mois d'exclusion temporaire du parti. À ses plus proches soutiens, il demande s'il doit démissionner. Mais la question est rhétorique. Il n'en a pas l'intention !

Comme il le précisera dès le lendemain lors d'une interview à Bruce Toussaint, sur BFMTV. Une interview peut-être aussi dévastatrice que la gifle qui lui a valu tout ça… Interrogé sur son avenir en politique, le député répond : « Si j'avais été l'auteur de violences répétées, la question de ma démission se serait posée. Là, c'est différent pour moi… » La question est désormais de savoir si ça le sera également pour les électeurs.

Chapitre 3

Les deux Fabienne et la petite Ada

Sur la jolie place de la Résistance de Boulogne-sur-Mer, Fabienne Roy-Nansion rejoue la scène en frissonnant. « Vous voyez, le tribunal est là, dit-elle en levant son bras gauche avant d'opérer un demi-tour. Et mon cabinet juste ici… » Quelle distance y a-t-il entre les deux ? Vingt mètres ? Peut-être trente. Il suffit de traverser la rue, en fait. « C'est à cet endroit que j'ai cru que j'allais mourir ce jour-là », souffle l'avocate. C'était le 30 novembre 2013. En assistant sa cliente devant un juge d'instruction, Fabienne Roy-Nansion avait bien entendu le bruit sourd d'une foule hostile. Mais elle n'avait pas imaginé une seconde qu'en remontant la rampe du parking pour rejoindre son bureau, celle-ci s'en prendrait à elle… « À mort ! À mort ! » « Sale pute ! » « T'as pas honte ? » « On va te pendre comme elle ! » « Elle », c'est Fabienne Kabou, la jeune femme avec qui elle vient, alors, de fumer une cigarette dans le parking avant de l'abandonner aux policiers et leurs sirènes hurlantes. Direction la maison d'arrêt pour femmes de Lille-Sequedin.

Une dizaine de jours plus tôt, Fabienne Kabou avait quitté, de bon matin, sa maison de Saint-Mandé dans le Val-de-Marne pour rallier Berck-sur-Mer, deux cent cinquante kilomètres plus au nord. C'est là, sur la plage immense qu'affectionnent les pilotes de chars à voile, qu'elle a déposé sa fille de 15 mois, Adélaïde, alors que la marée montait. Fabienne Kabou n'a rien dissimulé de son forfait. Comme si elle voulait écrire le guide parfait du criminel qui veut se faire prendre, elle a semé une multitude d'indices sur son chemin. Des notes sur les coefficients de marée sur son ordinateur. Des billets de train et de bus. Des témoins à qui elle a demandé le chemin de la plage. Et même la poussette de la fillette, pliée dans un square derrière l'hôtel *Le Littoral* où elle a passé la nuit après avoir commis l'indicible. Sans oublier les grains de sable retrouvés sous ses chaussures qu'elle n'a pas pris le temps d'épousseter.

C'est un pêcheur qui a découvert le corps de l'enfant. De loin, il a d'abord pensé à un phoque échoué. Mais en s'approchant, il a compris. Sur place, les enquêteurs, eux, ont d'abord cru qu'il s'agissait d'un drame de la migration, comme la Côte d'Opale en charrie parfois. Mais cela ne collait pas. Il n'y avait pas d'autres victimes. Aucun canot n'était recherché… Et puis, la fillette n'avait pas l'air d'avoir passé des jours à errer sur les routes. Elle était vêtue de vêtements de marque, la tête penchée dans sa capuche à fourrure. Ses ongles étaient soignés. Sa couche, propre.

En compilant les indices, les enquêteurs n'ont pas mis longtemps à retrouver Fabienne Kabou, chez elle à Saint-Mandé, comme si de rien n'était. En garde à vue, elle a commencé par mentir. Par prétendre que sa fille était chez sa grand-mère au Sénégal. Avant d'avouer rapidement. « Sur le Sénégal, non… Je joue la comédie. Je l'ai tuée, je lui ai planté un couteau dans le ventre. Et je l'ai jetée d'un pont. En fait, j'ai mis fin à ses jours car c'était plus simple comme ça… », a-t-elle lâché froidement.

Dans cette histoire, il n'y a pas plus de couteau que de pont. Mais la vérité est là, crue : la petite « Ada », comme la surnommait sa mère, est morte. Noyée… « Je pensais à tout ça quand la foule s'est jetée sur moi », raconte, une décennie plus tard, Fabienne Roy-Nansion. Ce jour-là, protégée par quelques journalistes présents, l'avocate a juste le temps de pénétrer dans son cabinet et de s'enfermer à double tour. Et de repenser pendant une heure au premier échange, bref, qu'elle a eu avec cette femme dans le vestibule du cabinet du juge d'instruction.

– Bonjour, je m'appelle Fabienne Roy-Nansion. Je suis votre avocat.

– Un avocat ? Pour quoi faire ?

– Vous avez besoin d'un avocat pour vous défendre…

– Non, car je ne suis pas défendable.

– D'accord, je vous accompagnerai dans ce cas-là.

– Comme ça, je veux bien.

*

En dépit d'une solide expérience en matière criminelle, Fabienne Roy-Nansion n'avait alors jamais défendu de mère infanticide. « Ma première réaction, à ce moment-là, c'est de me dire qu'elle est cintrée ! Qu'elle est complètement cintrée ! Mais, en même temps, elle n'a pas l'air délirante. Elle s'exprime très bien. Elle est touchante. Elle est capable d'utiliser l'imparfait du subjonctif toutes les deux phrases… » En feuilletant le dossier, l'avocate s'aperçoit que sa cliente prépare un doctorat en philosophie. Le thème ? La théorie du réel de Ludwig Wittgenstein. « J'étais clairement passée à côté de la philo lors de mes études. Mais je me mets à bouquiner, à me renseigner. Pour être prête lors de notre premier vrai rendez-vous en prison… »

À la maison d'arrêt, tous les parloirs sont occupés. Elle retrouve donc sa cliente dans une espèce de cafétéria, dévolue aux surveillants. Il y a une bouilloire dans un coin. Un micro-ondes dans l'autre. Et deux Fabienne au milieu. « Je lui demande de me parler de sa thèse pour commencer, se souvient l'avocate. Au bout de quarante-cinq minutes, je me demande où je suis. Dans une prison ? Ou dans un salon de thé en train de parler avec une copine de ses études ? C'était incompréhensible. » L'avocate se pince pour le croire. Mais elle sait bien que sa cliente est poursuivie pour l'assassinat de son bébé. Et l'heure du premier interrogatoire devant le juge approche.

23 décembre 2013. Il gèle à Boulogne-sur-Mer. Devant le magistrat, la matinée se passe normalement. Fabienne Kabou détaille le trajet qu'elle a emprunté de Saint-Mandé à Berck-sur-Mer. Les recherches qui l'ont menée là.

En détail. Sans rien cacher. Elle explique ainsi qu'elle a choisi cette station balnéaire du Pas-de-Calais pour la « tonalité désagréable » de son nom. « Mais en début d'après-midi, le juge commence à l'interroger sur ce qu'il s'est passé sur la plage. Dans l'esprit du juge, on arrive sur la plage ! Et là, ça coince… », témoigne Fabienne Roy-Nansion.

D'un geste entendu, l'avocate fait signe au magistrat qu'elle doit s'entretenir avec sa cliente. On les laisse seules un moment. « Et là, elle me dit, texto : "Si je suis honnête, personne ne va me croire…" » Fabienne Roy-Nansion lui dit d'essayer quand même. Et sa cliente lui déballe tout : le vaudou, la sorcellerie, les murs qui bougent, les voix dans sa tête, la musique qui se met en route toute seule, les cafards qui apparaissent, son cou qui est « mou » tous les matins et qui l'empêche de se lever et ses pieds qui ressemblent à « des escalopes milanaises »… « On bascule dans l'irrationnel. »

*

Fabienne Kabou ne ressemble à aucune mère infanticide. Elle n'est pas de celles qui ont fait un déni de grossesse. Pas plus que de ces femmes épuisées par la vie et les difficultés personnelles qui les conduisent à l'irréparable. Ne reste donc que la folie ? Sauf que là encore, Fabienne Kabou ne coche pas toutes les cases. Érudite, elle s'exprime très bien. D'une voix calme. Mais ce qu'elle dit est insensé… « Une fois qu'elle a parlé de la sorcellerie, elle déroule son propos, se rappelle Fabienne Roy-Nansion. Elle prétend qu'elle a été envoûtée. Elle me dessine un petit schéma avec des flèches partout pour que je comprenne d'où vient le sort qui la frappe. Pour elle, c'est un complot des femmes de sa famille et des femmes de la famille de Michel, son compagnon et père de la petite Ada… »

À ce moment-là, il n'est pas vraiment question de stratégie de défense. Mais juste d'aider et surtout de comprendre une femme qui a tué son bébé de la pire des manières qui soit. Dans ce dossier, Fabienne Roy-Nansion avance dans le noir. Seules les expertises psychiatriques pourront l'éclairer. « J'étais humble face à Fabienne, dit-elle. J'ai lu des livres sur la psychologie, la psychiatrie, le vaudou… J'ai marché à côté d'elle pendant toutes ces années. Enfin plutôt, j'ai essayé de mettre ses godasses. Elles n'étaient pas à ma pointure. Mais j'ai tout de même essayé de marcher avec. »

L'heure du procès approche. L'avocate est inquiète. Elle n'a jamais défendu une cliente comme ça. Les experts psychiatres s'approchent de la barre. Daniel Zagury déballe. Lui aussi a passé du temps avec Fabienne. Et son rapport est sans appel : le discernement de la jeune femme était altéré au moment de son passage à l'acte. « On est à un cheveu de l'abolition… », dit-il. En France, on ne juge pas les fous. Si l'on considère que son discernement était aboli, l'auteur d'un fait criminel est déclaré irresponsable pénalement. Si l'on parle d'altération, on le considère « en partie » responsable et on réduit, alors, sa peine. Luc Frémiot, l'avocat général, joue sa partie. Il remet en cause le travail des experts. Pour lui, Fabienne Kabou manipule tout le monde. Cette histoire de sort et de vaudou ne tient pas la route. En dépit du fait que Fabienne Kabou est née et a vécu pendant dix-huit ans au Sénégal dans une famille ancrée dans la religion et les croyances.

Fabienne Roy-Nansion bataille comme elle peut. « Pourquoi Adélaïde est-elle morte ? interroge-t-elle dans le prétoire de la cour d'assises de Saint-Omer. J'ai la prétention de vous répondre que c'est parce que sa mère est folle… » Elle demande alors aux jurés de ne pas abandonner sa cliente sur cette plage de Berck-sur-Mer. De la ramener parmi les vivants. De refaire le chemin du retour avec Fabienne Kabou dans une main et la petite Ada, dans l'autre. Mais elle ne convainc pas. L'avocat général réclame une peine de dix-huit ans de réclusion criminelle. Le jury va au-delà et, le 24 juin 2016, la condamne à vingt ans. « C'est extrêmement lourd », soupire l'avocate en sortant de l'audience.

*

Le verdict est frappé d'appel. Comment pourrait-il en être autrement ? Fabienne Roy-Nansion ne compte pas lâcher cette cliente comme aucune autre. Elle multiplie les aller-retour en détention pour la voir. Elle ne comprend toujours pas cette femme. Derrière les barreaux, celle-ci se débrouille très bien toute seule. Elle vide la bibliothèque pour passer le temps. Il n'y a que des romans à l'eau de rose. Des Arlequin. Pas vraiment son style. Qu'importe. Mais elle s'amuse de ces lectures et en fait des résumés à son avocate. Détenue modèle, elle récupère un poste d'auxiliaire à la blanchisserie. Pour passer le temps, elle se met à rédiger une analyse sociologique des femmes qui y travaillent. Comment une intelligence aussi supérieure a-t-elle pu commettre un crime aussi effroyable ?

Et si l'explication était à rechercher ailleurs ? En creusant encore et encore, l'avocate se rappelle qu'Adélaïde n'avait jamais été déclarée à l'état civil. Sa mère avait accouché seule, chez elle. Sans le dire à personne. Même à son compagnon, le père de l'enfant, elle avait menti… En dehors de la réalité. En marge de la société. Fabienne Kabou n'avait, elle-même, pas vraiment d'existence légale. Elle n'avait plus de carte bleue ni de compte en banque depuis 2008. Pas de téléphone portable. Elle prétendait être inscrite dans un cursus de philosophie, mais c'était faux. Elle passait ses journées à s'occuper de sa fille. Jusqu'au jour où elle a décidé de la supprimer.

Pour autant, elle n'a pas agi sur un coup de tête, non plus. Les enquêteurs ont passé des heures et des heures à éplucher le petit agenda qu'elle noircissait de son écriture malhabile. Malgré deux perquisitions dans l'atelier de Saint-Mandé où elle vivait, ils n'étaient pas tombés dessus. C'est son compagnon qui l'a découvert, bien plus tard, caché derrière la tête de lit. Et qui l'a amené à la justice… Que n'avait-il déterré ? Comme un résumé de l'esprit de l'accusée, difficile de comprendre exactement ce que cet agenda contient. À chaque page, des mots, des chiffres. Ici, il y a « Éric Z. » et « bras de chemise ». Fabienne Kabou parlait d'un rêve avec Éric Zemmour. Il y a aussi des félins, des scarabées, des papillons de nuit. Et beaucoup, beaucoup de « TGNR ». Lorsqu'on l'interroge là-dessus, elle répond du tac-au-tac : « Ce sont les tégénaires qui m'attaquent… » Des petites araignées pourtant inoffensives. À la date du drame, il y a simplement le mot « vague ». Celui-là se passe de commentaires... Et aucune référence à « Ada » dans ce carnet. Si ce n'est une mention du fait que la fillette a contracté la varicelle. Mais Fabienne Kabou s'est trompée de semaine... Comme un acte manqué. « Et pourtant, poursuit Fabienne Roy-Nansion, il n'y avait pas une visite en prison où elle ne me parlait de sa fille... »

Le procès en appel approche et l'avocate est toujours aussi perplexe sur la façon de défendre cette femme. Aucune ligne ne se dégage. Il n'y a que la folie. C'est à ce moment-là que son téléphone sonne. Un texto inespéré de la part de son confrère Frank Berton, ténor du barreau, qu'elle avait croisé lors du fameux procès d'Outreau. « Salut, Fabienne. Je ne fais pas ça d'habitude. Mais si tu penses que je peux t'aider pour Fabienne Kabou, n'hésite pas à m'appeler. Je peux venir. » Nous sommes à une semaine de l'audience en appel. L'avocate empoigne son téléphone. Commence par rédiger une simple réponse : « Oui ! » Elle ne prend même pas le temps que son confrère la lise et l'appelle directement pour l'inviter dans la danse.

Quatre ans après les faits, il faut faire vite. L'impétrant se rend immédiatement en prison. Et rencontre sa nouvelle cliente. À l'issue de l'entretien, sur le parking, il fait le point avec Fabienne Roy-Nansion. « Je te préviens, gronde-t-il. "Ta Fabienne", comme tu dis, je vais la secouer. » L'avocate déglutit. Mais elle sait que c'est le seul moyen de sortir du tunnel dans lequel elle se trouve. Dans lequel elles se trouvent toutes les deux.

*

À Douai, il fait encore chaud quand le procès en appel s'ouvre, en septembre 2017. Les deux avocats savent qu'ils vont devoir slalomer et remonter le courant pour tenter d'atténuer la peine de leur cliente. Et qu'ils ne pourront pas vraiment compter sur elle, pour cela. Ses premiers mots à la barre viennent le confirmer. Port altier et démarche élégante, Fabienne Kabou s'approche du micro. Elle reconnaît qu'elle a tué sa fille. Mais elle plaide « non coupable ». Toujours aussi insondable.

Il faut donc s'en remettre aux témoins. Son compagnon, Michel Lafon, n'est pas d'une grande aide. Les experts, un peu plus. Tobie Nathan, spécialiste de l'ethnopsychiatrie, vient éclairer la cour d'assises sur l'importance de la sorcellerie et du vaudou dans la famille de l'accusée. Mais surtout, ce sont les psychiatres qui mènent la danse. Comme en première instance, Daniel Zagury revient. Il explique qu'il reste à Fabienne Kabou « un chouia » de rationalité. Mais que son discernement était bien « altéré » au moment des faits. L'avocate générale en a conscience. Mais elle réclame, comme en première instance, une peine lourde : dix-huit ans de réclusion criminelle…

Fabienne Roy-Nansion et Frank Berton se regardent. Tout va se jouer lors de leurs plaidoiries. La pression est immense. Mais les deux avocats savent ce qu'ils ont à faire. La stratégie a été élaborée quelques jours plus tôt. Fabienne Roy-Nansion est la première à se lever dans le prétoire. Elle va parler de « sa » Fabienne. « Vous la connaissez depuis quatre jours. Moi depuis quatre ans ! », assène-t-elle aux jurés. Et la voilà qui raconte cette relation unique avec cette femme assise dans le box des accusés. Celle qui l'appelle pour lui souhaiter de bonnes vacances. Celle qui prend des nouvelles de ses enfants. Celle qui lui a écrit une lettre touchante au décès de son père. Celle qui lui parle tout le temps d'Ada aussi. De ses jeux, de ses grimaces, de ses balades au parc… Celle surtout qui, lors de ce procès, pour la première fois, a reconnu qu'elle était malade. « La carapace s'est un peu fendillée, dit son avocate. La lumière commence à percer… Voyez-la cette lumière ! Voyez-la parce que, ne pas la voir, ce serait… de la folie ! », achève-t-elle. Le premier point est marqué dans l'esprit des jurés.

Frank Berton enchaîne. Sur une brillante idée, il attaque en disant qu'il ne va pas plaider en faveur de Fabienne Kabou. Mais « contre l'Autre ». Contre « l'autre Fabienne… » Contre « la petite voix qui était dans sa tête au moment de l'assassinat ». Occupant l'espace, il gronde face aux jurés : « Vous en connaissez beaucoup des femmes qui prennent le bus à Saint-Mandé pour tuer leur enfant à Berck ? Vous en connaissez beaucoup des femmes qui accouchent toutes seules chez elle ? Alors oui, on vous parle de sa thèse de philosophie. De l'autre, là, Wittgenstein, dont je ne sais même pas prononcer le nom. Mais la vérité, c'est que cette femme avait son discernement altéré. Altéré dans de grandes proportions. À votre place, je réfléchirais… » Le ténor se rassoit en nage. La salle d'audience est sonnée. Seuls les pleurs de Fabienne Kabou viennent rompre le silence quand les jurés se retirent pour délibérer. Le verdict tombe quelques heures plus tard : la peine est ramenée à quinze ans de réclusion avec obligation de soins. La défense a gagné… « Les jurés nous ont aidés à chasser l'Autre qui était dans la tête de Fabienne Kabou », réagit Frank Berton.

Fabienne Roy-Nansion, elle, a du mal à commenter. Trop d'émotion. « Après le verdict, je suis rentrée chez moi. J'ai passé le week-end recroquevillée sur mon canapé à pleurer. Il faisait chaud, mais j'avais besoin d'un plaid. J'étais dans un état second, confie-t-elle aujourd'hui. Le lundi qui a suivi, Frank Berton m'a appelé. Il m'a dit qu'il avait passé le week-end dans le même état… »

*

Difficile de sortir indemne d'une telle histoire. Quand on lui pose la question, Fabienne Roy-Nansion n'y va pas par quatre chemins. « Avec Outreau, oui, c'est l'affaire qui a marqué ma vie ! Là où on sent qu'il y a un impératif de défense. Qu'il ne faut pas rester sur place à faire son petit travail comme d'habitude. Qu'il faut sortir et se lever pour comprendre. On est des égoutiers. Le plus puant, le plus infâme, la fange, c'est notre boulot ! »

L'avocate se souvient de toutes ces années difficiles. Des voisins de sa mère qui, du jour au lendemain, ont cessé de lui parler parce que sa fille défendait « le pire des monstres ». Mais elle se rappelle surtout de Fabienne Kabou qui, en détention, continuait de l'appeler régulièrement pour prendre de ses nouvelles. Et de lui dire que tout allait bien. Qu'il ne fallait pas s'inquiéter.

La vie de Fabienne Roy-Nansion a donc repris son cours normal jusqu'à ce jour de janvier 2023 où son téléphone a sonné. Ce n'était pas un numéro qu'elle connaissait, mais elle a décroché.

– Bonjour, c'est Fabienne Kabou.

– Ah ?! Bonjour Fabienne.

– C'était juste pour vous dire que je suis sortie de prison. Je suis dans une ferme dans le sud de la France où je me réinsère.

– Et comment ça va ?

– Très bien.

– Vous n'avez pas trop souffert toutes ces années en prison ?

– Non, ça a été. La seule chose qui m'a manqué, c'est Ada…

Chapitre 4

Maître Mila Petkova et Gaëtan, la personne intersexuée

C'est l'histoire de la vie. Qui se mêle à la sienne. Lorsque l'avocate Mila Petkova repense à son premier client – et cela lui arrive fréquemment –, elle songe invariablement à « son » Benjamin, comme elle l'appelle affectueusement. À son âme sœur. À son compagnon. Au père de ses enfants. « On s'est connus en classe de 3e au collège ! On a fait le lycée ensemble. Puis la faculté de droit. Jusqu'au Master 2... » C'est à ce moment que la jeune femme tombe enceinte. Le couple décide d'emménager ensemble. Ils se préparent à cet heureux événement tout en planchant sur leur mémoire. Pour elle, une étude sur le droit applicable aux personnes en fin de vie. Pour lui, les personnes intersexuées. « J'avais entendu parler des hermaphrodites, se remémore-t-elle. Mais je ne voyais pas de problème éthique. Pour moi, c'était quelque chose de normal, qui existait. Bref, j'ai tout découvert à ce moment-là... »

Classée pendant longtemps dans la catégorie des troubles du développement sexuel (*Disorders of sex development, DSD*), l'intersexuation regroupe les personnes « dont les organes génitaux sont difficiles ou impossibles à définir selon les standards habituels ». Des personnes qui naissent avec des attributs sexuels masculins et féminins, en même temps. Elles représentent 1,7 % de la population, selon l'étude de référence sur le sujet qui a été menée par Anne Fausto-Sterling, professeure de biologie à l'université Brown (Rhode Island, États-Unis). Autant que les personnes rousses dans la population, ont l'habitude de comparer ceux que l'on nomme désormais « les Intersexes »...

Le travail de Benjamin attise la curiosité de Mila. Elle passe l'examen du barreau et obtient un stage à la Chambre nationale des huissiers tandis que lui, pousse ses recherches jusqu'en thèse. Leur bébé naît quelques mois avant la première conférence internationale des Intersexes à Luxembourg. Nous sommes alors en juin 2012. « Je décide de l'accompagner, raconte aujourd'hui l'avocate. Je prends les couches, la poussette, et on part au Luxembourg ! » Sur place, la jeune femme suit avec beaucoup d'intérêt les conférences données. Entre deux, elle sort promener sa fille âgée de quelques mois à peine. C'est là dans les couloirs du centre des congrès qu'elle croise Gaëtan. Évidemment, ce n'est pas son vrai prénom. C'est celui qu'il choisira plus tard lorsqu'il fera les gros titres. C'est celui que la presse, unanime, respectera et utilisera pendant une bonne décennie. Mais nous n'en sommes pas encore là.

*

Alors qu'elle donne le biberon dans un coin, Mila se met à discuter avec lui. « Il était solaire, se rappelle-t-elle. C'est une personne lumineuse. Bienveillante. C'est un souvenir incroyable. » En confiance, Gaëtan se met à lui raconter son histoire. Une histoire qui le ramène dans les années 1960, lorsqu'il avait 12 ans. L'âge cruel de l'adolescence. Un beau jour, son père l'emmène se promener. Peu diplomate, il lui lâche alors : « Tu n'es pas normal et tu ne le seras jamais. Tu fais partie de la tératologie ! » Craintif, le gamin n'ose pas poser de question. Mais sitôt rentré chez lui, il se précipite sur un dictionnaire. « Tératologie : étude des malformations des êtres vivants », lit-il. « Étude des monstres », comprend-il. Car, d'après les médecins, Gaëtan est né avec un « vagin rudimentaire » et un « micropénis », mais pas de testicules. Jusqu'alors, il n'avait jamais vu le problème.

Mais, à l'école, ses copains grandissent. S'étoffent. Lui se rend bien compte que ses muscles ne se développent pas. Et dans la rue, on le prend souvent pour une fille. « Jusqu'à l'université, je ressemblais à une enfant de 14 ans... » En écoutant son histoire, Mila Petkova est un peu surprise. La personne qui se tient en face d'elle a pourtant tout d'un homme. Fine barbe, costume de bonne coupe. À peine distingue-t-on des traits un peu féminins. Mais en le croisant dans la rue, la question ne se poserait pas. Et pour cause... « À l'âge de 35 ans, les médecins ont pointé chez moi un risque d'ostéoporose. C'est fréquent chez les intersexes. Pour prévenir le risque, j'ai accepté de prendre un traitement hormonal. De la testostérone… C'était très violent. Mais cela m'a donné cette apparence. Et j'ai fini par jouer le rôle d'un homme. » À fond, même ! Dépourvu de la moindre libido, Gaëtan se marie et adopte un enfant. Il embrasse une carrière de psychothérapeute pour soigner les autres autant que lui. Et décide alors de consacrer son existence à ne pas se faire remarquer. Jusqu'en 2006…

Chez lui, Gaëtan se laisse alors tenter par la nouvelle mode. Il installe Internet. Sur les moteurs de recherche, il se met à se renseigner sur sa propre situation. Et tombe de sa chaise. « J'ai découvert que je n'étais pas le seul dans ce cas-là ! Surtout, j'ai compris que les bébés qui naissent intersexués aujourd'hui sont opérés très rapidement… » C'est en effet la pratique. En France, la médecine estime qu'il faut opérer le plus rapidement possible les bébés présentant ce type de malformation. On appelle ça des interventions d'assignation sexuelle.

Pour cela, les endocrinologues se basent, notamment, sur l'échelle de Prader pour déterminer de quel sexe anatomique l'enfant est le plus proche. Allant de 0 à 5, cette échelle définit les organes génitaux femelles (0) à mâles (5), avec des variations importantes entre les deux. Pour les médecins, l'évidence est là : on ne peut pas laisser quelqu'un grandir avec les deux sexes sans savoir auquel il se rapporte réellement. Combien de parents se sont ainsi vu parler de « petits problèmes de plomberie » ou « de tuyauterie » à « réparer » ? Mais pour les enfants, ce sont des opérations lourdes, souvent nombreuses, qui les poursuivent toute leur croissance. Et des traitements hormonaux compliqués… Aujourd'hui, les personnes intersexuées se battent pour l'arrêt de ces opérations chirurgicales. Elles estiment qu'il faut laisser grandir les enfants ainsi afin qu'ils puissent faire, eux-mêmes, un choix éclairé plus tard. Car, à de rares exceptions, l'intersexuation ne présente aucun risque vital pour un enfant.

Gaëtan, lui, est né en 1951. À une époque où ces interventions n'étaient pas courantes. Et où l'on préférait cacher les choses. Jeter un voile pudique sur tout ça. Avec le recul, il voit ça comme un atout par rapport aux jeunes qui naissent aujourd'hui. « Je suis la preuve indubitable que l'on peut vivre avec les deux sexes ! », explique-t-il à Mila Petkova. La jeune avocate est secouée. « Je m'attache instantanément à lui. »

*

Rentrée à Paris, elle poursuit son petit bonhomme de chemin. Elle pouponne tout en s'interrogeant sur ce qu'elle veut faire de sa vie. Elle hésite entre devenir magistrate ou avocate. Le destin l'aide à choisir. Car Gaëtan la rappelle assez rapidement. Il évoque alors une envie de faire quelque chose par rapport à sa situation. Il s'interroge. Bienveillante, l'avocate prend le temps de discuter pour cerner son réel problème. « En fait, depuis ma naissance, je suis inscrit comme étant un homme à l'état civil. Et cela ne me va pas… » Mila Petkova ne réfléchit pas longtemps. Faire une demande de modification d'état civil ! Et si c'était la solution pour faire avancer la cause ?

Le couple qu'elle forme avec « son » Benjamin se transforme en équipe. Lui effectue les recherches, étudie la jurisprudence. Elle se lance dans l'action. Il faut composer avec la vie de tous les jours. Un deuxième bébé pointe le bout de son nez. Gaëtan leur rend souvent visite. Dans leur petit appartement de 40 m², ils s'organisent. « Gaëtan s'occupait des enfants pendant qu'on travaillait. Il venait avec des sucettes. Pendant ce temps-là, on écrivait notre requête. On imprimait tout ça sur notre petite imprimante à jets d'encre située dans un coin », se marre Mila Petkova. C'est à ce moment-là qu'elle découvre vraiment la souffrance endurée par son client. « On lui laissait notre chambre pour dormir sur le canapé. Mais on est quand même entrés dans son intimité. C'est quelque chose que je n'aurais jamais pu appréhender lors d'un rendez-vous formel dans un cabinet d'avocat. C'est ce qui a été essentiel dans cette histoire. »

*

En 2015, la requête est prête. L'avocate est sûre de son fait. D'après elle, il n'y a rien qui peut empêcher quelqu'un de demander la modification de son état civil. Après mûre réflexion, Gaëtan réclame d'être inscrit dans la case « sexe neutre ». Il n'est ni un homme, ni une femme. Problème, sur les formulaires administratifs, elle n'existe pas. Il faut forcément cocher « masculin » ou « féminin »... Au tribunal de Tours (Indre-et-Loire), Mila Petkova plaide la cause de son client. Et quelques semaines plus tard, elle part en vacances dans le sud de la France quand la décision tombe. « On était à Bormes-les-Mimosas (Var). On rentrait de la plage. Sur un petit chemin où ça capte mal. » L'avocat chez qui elle effectue sa première collaboration l'appelle pour lui dire qu'elle a gagné. Il lui lit la décision : « Le sexe qui a été assigné [à Gaëtan] à sa naissance apparaît comme une pure fiction [...] imposée durant toute son existence. Il ne s'agit aucunement de reconnaître l'existence d'un quelconque "troisième sexe" mais de prendre acte de l'impossibilité de rattacher l'intéressé à tel ou tel sexe... » Pour la première fois en France, une juridiction a donc autorisé quelqu'un à sortir du système binaire masculin / féminin.

Mila Petkova est sur un petit nuage lorsqu'elle retourne au travail. Benjamin Pitcho, l'avocat avec qui elle collabore, rend hommage à son travail. Il lui explique qu'il faut désormais que sa victoire soit connue de tous, qu'il faut qu'elle en parle. Que d'autres personnes concernées vont peut-être la solliciter en découvrant l'information. Mila Petkova ne sait pas comment faire. Elle ne connaît aucun journaliste. Benjamin Pitcho lui raconte alors qu'il a rencontré quelques semaines plus tôt un jeune reporter de *20 Minutes* venu faire un article sur son action auprès des plus fragiles en Seine-Saint-Denis, l'une des nombreuses illustrations de son humanisme. Ce journaliste, c'était moi...

– Bonjour Vincent, c'est Benjamin Pitcho !

– Bonjour Benjamin.

– Je t'appelle parce que ma collaboratrice a obtenu une décision remarquable qui pourrait faire parler. Pour la première fois, elle a obtenu que quelqu'un ne soit plus considéré comme un homme ou une femme, mais comme une personne de sexe neutre à l'état civil... Ça pourrait t'intéresser ?

– … Euh oui. Évidemment…

Dans mon bureau, je ne comprends pas tout de suite comment cela est possible. Mais je visualise rapidement l'impact qu'une telle information pourrait avoir sur l'opinion publique. Rendez-vous est pris. À mon tour, je découvre l'existence des personnes intersexuées et les problèmes qu'elles rencontrent. À mon tour, j'hallucine. De retour à la rédaction, j'explique le sujet. Je n'échappe pas à quelques blagues vaseuses. Mais tout le monde est conscient qu'il s'agit d'un réel enjeu de société. Mon article sort le mercredi 14 octobre 2015. Mes confrères s'en emparent aussitôt. Tout le monde veut comprendre. Mila Petkova n'est pas une avocate connue. On cherche le numéro de son cabinet. Le standard explose. « On n'avait jamais vécu ça, rigole Benjamin Pitcho. J'ai fini par annuler tous mes rendez-vous de la journée pour jouer les secrétaires de Mila. J'organisais les entretiens. » Car Mila Petkova est la seule à pouvoir parler du sujet. « Franchement, tous les journalistes ont été super, se souvient-elle. C'est un sujet compliqué à assimiler en quelques minutes, en quelques heures. Et puis surtout, tout le monde a respecté l'anonymat de Gaëtan. Personne n'a jamais publié sa vraie identité… »

*

Dans son appartement de l'est de la France, le principal intéressé est désormais en paix avec lui-même. Il ne souhaite pas s'exprimer publiquement. Il veut juste continuer sa vie, comme avant, à sa place. Lire, faire de la méditation, dispenser ses séances de psychothérapie. À peine se pose-t-il la question de changer de prénom. « En fait, c'est marrant, me confie-t-il un jour. Dans ma famille, plusieurs personnes ont des prénoms mixtes. Moi, non. Mais je ne veux pas changer de prénom. Je veux juste qu'on me reconnaisse comme étant ni homme, ni femme… Et là, c'était fait. J'étais en paix… »

Pas pour longtemps. Évidemment avisé de la décision, le parquet de Tours décide de faire appel du jugement rendu. Pour Mila, il va falloir convaincre une nouvelle juridiction. Elle sait que ce ne sera pas facile. « J'ai toujours su que ce combat prendrait dix ans et que nous devrions aller jusqu'aux plus hautes instances. » La difficulté se conjugue à l'incompréhension de son client. « Une procédure d'appel ? Mais c'est quoi ? », lui demande-t-il. « Il n'avait aucune connaissance du monde juridique, se souvient son conseil. Pour lui, si un juge dit "blanc", un autre juge ne peut pas dire "noir"… » Et pourtant.

En février 2016, Gaëtan a donc rendez-vous à la cour d'appel d'Orléans (Loiret). La juridiction a prévu d'étudier le dossier en assemblée plénière, vu l'enjeu. Les journalistes aussi sont venus en masse. L'audience se tiendra à huis clos. Mais ils espèrent tous apercevoir Gaëtan et peut-être même pouvoir l'interroger. Mais, encore une fois, personne ne se montre trop intrusif. Une fois sortie du prétoire, Mila Petkova donne quelques interviews aux micros qu'on lui plaque sous le nez. À peine se retourne-t-elle que Gaëtan a disparu. Littéralement volatilisé. Paniquée dans le centre d'Orléans, elle finit par le retrouver un peu hébété dans la cathédrale, située quelques rues plus loin. Ce n'était pas vraiment le côté religieux de l'endroit qui l'a attiré, mais le calme au milieu de cette tempête.

Dans le train qui la ramène à Paris, Mila Petkova n'arrive pas à redescendre. Elle sait que son combat est difficile. Elle sait qu'il se heurte aux certitudes de la société française. À la façon dont les choses sont organisées, perçues. À tous les niveaux. « Regarde, me dit-elle en sortant le premier cahier de sa fille à l'école maternelle… » Sur les deux premières pages, figurent les photos de tous ses petits camarades. À droite, les garçons avec une jolie couleur bleue. À gauche, les filles en rose… « Mais pourquoi a-t-on besoin de faire la distinction entre les garçons et les filles dès l'âge de 3 ans ? Ça sert à quoi ? », s'énerve-t-elle.

*

Si l'audience s'est bien déroulée et que les magistrats ont fait preuve de bienveillance, Mila Petkova a bien conscience du risque d'échec. Les carcans de la société sont encore trop présents pour que l'on puisse s'engouffrer dans une brèche. La cour d'appel d'Orléans infirme donc la décision rendue en première instance. Pour une raison simple : « admettre la requête reviendrait à reconnaître [l'existence] d'une autre catégorie sexuelle » en France. Et c'est au législateur de faire cela. Pas à la justice.

Mila Petkova est évidemment déçue. « Quand tu penses que sept hommes arrivent à juger l'intimité d'une personne en la voyant une demi-journée dans un palais de justice ! » Mais rien ne peut l'arrêter. Immédiatement, elle forme un pourvoi devant la Cour de cassation et continuer de plaider la cause de son client partout. À l'Assemblée nationale. Au Sénat. Dans les médias. Gaëtan, lui, se veut fataliste. « Je me demande si je n'aurais pas dû me déshabiller devant les juges pour leur montrer. Pour qu'ils comprennent… » Pas sûr, non…

Le combat de Gaëtan est devenu celui de Mila. En toute logique, elle est invitée partout à parler de son client. Et surtout, elle est contactée par d'autres personnes intersexuées. Celles qui ont été opérées dès la naissance et qui souffrent au quotidien. Il y a celle qui, à Clermont-Ferrand, veut attaquer les médecins qui l'ont transformée. Ou cette autre, à Bordeaux, qui explique qu'elle évalue tout ce qu'elle boit parce qu'à chaque fois qu'elle va aux toilettes, elle a le sentiment de « pisser des lames de rasoir » depuis la dernière intervention chirurgicale. La douleur est aussi rude que le combat l'est pour la jeune avocate. Qui continue d'apprendre. De découvrir. « En 2016, j'ai été invitée à Douarnenez (Finistère) pour une résidence avec uniquement des personnes intersexuées, raconte-t-elle. J'étais la seule à être admise dans leur cénacle. J'en suis sortie bouleversée… »

Et en colère aussi. Au fil du temps, l'avocate se demande comment des magistrats peuvent décider de la vie des autres sans les connaître réellement. Avec « son » Benjamin, elle continue d'ouvrir son appartement à toutes celles et ceux qui veulent venir la voir. Elle prépare à manger, elle discute, elle les héberge. « Une de ces personnes vient souvent dormir chez nous. Comment je pourrais parler d'elle et la défendre sans avoir vu que tous les matins, pendant deux heures, elle pleure de douleur à cause de sa situation ! »

Aussi politique que juridique, le combat est âpre. Mila Petkova ne compte pas ses heures. Depuis le début de cette histoire, elle est persuadée qu'elle devra aller jusqu'à la Cour européenne des droits de l'homme. Peu importe finalement que François Hollande, lui-même, ait pris position pour l'arrêt des « mutilations » sur les personnes intersexuées… La société n'est pas encore prête. L'avocate le sait et elle a raison. Sans réelle surprise, la Cour de cassation rejette le recours de Gaëtan. Pour une raison presque matérielle. La décision de reconnaître le sexe neutre « impliquerait de nombreuses modifications législatives de coordination », indique-t-elle. Moyen compliqué de dire qu'il faudrait revoir tout notre système administratif basé sur la binarité masculin / féminin. Qu'il faudrait refaire tous les formulaires administratifs en vigueur. « Direction la CEDH (Cour européenne des droits de l'homme) ! », tweete immédiatement Benjamin Pitcho qui continue, avec force, d'épauler sa jeune consœur.

*

La procédure européenne est complexe et longue. Mais paradoxalement, Mila Petkova sait que c'est sa meilleure chance d'obtenir gain de cause. Cette Cour a souvent montré qu'elle savait être plus progressiste que les juridictions nationales. Surtout, elle consacre le « droit à la vie privée et à l'intimité » dans ses fondements. Affaibli par des ennuis de santé dus à son âge, Gaëtan suit tout ça de loin désormais. Mais il sait que son combat est entre de bonnes mains.

Le 31 janvier 2023, c'est la douche froide. Par six voix contre une, la CEDH rejette le recours déposé par Gaëtan. Elle estime que la France n'a pas méconnu son obligation de garantir le droit à l'intimité et au respect de la vie privée en rejetant les demandes déposées par Gaëtan. Mila Petkova est dévastée. Quelque chose se brise en elle, ce jour-là. « J'ai été détruite par cette décision, reconnaît-elle. Maintenant, lorsqu'on me parle de la CEDH, je me demande à quoi cela pourrait servir… » La déception est à la hauteur des attentes et du temps passé sur ce dossier. « On est allés en Australie, on est allés au Kenya pour se renseigner, on a écouté les personnes intersexuées pendant des jours et des jours. On a cerné leur douleur, leurs difficultés. Et là, quelques juges viennent nous dire : “Non, il n'y a rien…” » De quoi la faire vaciller dans ses certitudes. « La Justice avec un grand J m'a déçue. Vraiment. » Alors l'avocate se raccroche finalement aux aspects positifs du dossier. À sa relation avec Gaëtan, toujours aussi belle. « On va souvent le voir chez lui. Il joue avec les enfants. Peu importe la justice, il sait qui il est. Et nous aussi. C'est le plus important… »

Surtout, elle sait très bien qu'elle a posé les bases d'une reconnaissance dans la société que plus rien ne pourra désormais arrêter. « Les procès sont perdus, d'accord. Mais aujourd'hui, les gens savent qui sont les personnes intersexuées. Et c'est peut-être la chose la plus importante. »

Chapitre 5

Le « Jawad Comedy Show » de Xavier Nogueras

En ce jeudi de juin 2023, Paris est écrasé de chaleur. Dans la petite pièce qui fait office de cabinet d'avocat, les collaborateurs de Xavier Nogueras tentent d'avancer sur les dossiers, bercés par le ronron de l'air conditionné. L'avocat tente, lui, de remettre de l'ordre dans ses idées tout en époussetant les dossiers encore en jachère sur son bureau. Il lève la tête.

– Vincent, rappelez-moi… On devait se voir pour quoi déjà ?

– Pour parler de Jawad…

– Ah mais oui… C'est vrai… Il m'a encore écrit il y a deux jours ! Ça ne s'arrêtera donc jamais.

Empoignant son téléphone portable, Xavier Nogueras se connecte sur Twitter et affiche la dernière vidéo de son illustre client qui commence à faire le buzz. On y voit Jawad Bendaoud sautant tout habillé dans la Seine pour tenter d'attraper un cygne qui, le pauvre, se débat comme il peut. Les commentaires sont accablants : « Il ferait moins le malin devant un lion ! » « Encore une fois, il veut se faire remarquer... » « Qu'il retourne dans son pays ! » En « scrollant » les mini messages, Xavier Nogueras soupire. « Il m'a dit qu'il voulait aider le cygne parce qu'il s'était aperçu que celui-ci avait un hameçon de pêcheur coincé dans le bec... Maintenant, il veut attaquer les réseaux sociaux qui ternissent sa réputation. Un cygne, putain ! Un cygne ! Ce genre d'histoires n'arrive vraiment qu'à lui... »

Avec douze ans de barre au compteur dont une bonne moitié aux côtés de Jawad Bendaoud, Xavier Nogueras n'est pas plus inquiet que ça. Il a traversé d'autres tempêtes avec lui. Il sait que la polémique va s'éteindre aussi vite qu'elle est apparue. La loi des réseaux sociaux. « Aujourd'hui, je prends un peu de distance avec lui, confie-t-il immédiatement. J'ai beaucoup de tendresse pour Jawad. Il sait que je serai toujours là pour lui. Qu'il peut m'appeler n'importe quand. Et je sais qu'il le fera. Mais quand je n'ai pas de nouvelles de lui, je sais que ça va... » La réciproque fonctionne aussi. Et l'avocat n'a pas besoin de le dire pour que chacun comprenne.

*

Chasseur de cygne à ses heures perdues, Jawad Bendaoud se reconstruit aujourd'hui en vendant des fringues dans une boutique du 8e arrondissement de Paris. Il essaye de ne pas faire de vagues en dehors de la Seine. De faire oublier son surnom de « logeur de Daesh ». L'histoire est désormais connue. Les Français ont découvert son visage le mercredi

18 novembre 2015. Ce jour-là, vers 4 heures du matin, le Raid et la Brigade de recherches et d'intervention (BRI) ont pris position dans une petite rue de Saint-Denis où les derniers terroristes du 13-Novembre encore en vie ont été « logés ». L'assaut est donné. Il dure sept heures. Les Français suivent la situation en temps réel sur les chaînes d'information en continu. Quand, tout à coup, le visage de Jawad Bendaoud apparaît à l'écran. S'ensuit un échange surréaliste de quarante secondes avec deux journalistes :

– J'ai appris que c'était chez moi…

– C'est-à-dire ?

– Ben, j'ai appris que c'était chez moi et que les individus sont retranchés chez moi, et que voilà… J'étais pas au courant que c'étaient des terroristes.

– Expliquez-moi, vous habitez où ?

– J'habite rue du Corbillon, là où ça a tiré.

– Comment expliquez-vous que ces personnes se retrouvent chez vous ?

– On m'a demandé de rendre service, j'ai rendu service, monsieur ! On m'a dit d'héberger deux personnes pendant trois jours, j'ai rendu service normalement…

À ce moment-là, dans le champ gauche de la caméra, on aperçoit un policier qui s'approche, intrigué par les déclarations de cet homme un peu boudiné dans son blouson en cuir. La conversation avec les journalistes se poursuit :

– Je ne sais pas d'où ils viennent… On n'est au courant de rien, monsieur. Si je savais, vous croyez que je les aurais hébergés ?

– Mais vous saviez qu'ils venaient de Belgique ?

– Non, je ne savais pas… On m'a dit ça à l'instant, ce matin. Je l'ai appris comme vous.

– Vous les connaissiez ces personnes ?

– Non, je ne les connais pas du tout, ni d'avant…

Jawad Bendaoud n'a pas le temps de finir sa phrase… Il est interpellé. Devant leur télé, les Français qui ont vu la séquence ne peuvent s'empêcher d'esquisser un sourire face à la candeur du jeune homme. Comme si sa bêtise était la seule chose drôle dans cet océan de malheur. Comme si elle agissait comme une catharsis. « Évidemment, ce jour-là, j'ai vu la vidéo, se remémore Xavier Nogueras. On était tous devant la télévision à essayer de comprendre ce qu'il se passait. Je me souviens que je me suis marré. Je me suis dit qu'il était con… » Jusqu'à ce que son téléphone sonne…

Cela fait déjà plusieurs jours que Jawad Bendaoud a été arrêté. Le jeune homme est le premier à expérimenter les gardes à vue exceptionnellement prolongées pour cause de risque terroriste imminent. Il passe cent quarante-quatre heures derrière les barreaux. Six jours ! Lors de cette épreuve, il est assisté par l'avocate de permanence, Marie-Pompéi Cullin. Celle-ci appelle Xavier Nogueras à l'aide. L'avocat garde un souvenir très net de son premier entretien avec Jawad. « On a parlé pendant trois heures. Il était survolté. En larmes. Hystérique. Ses propos ? Une sorte de logorrhée… »

Dans le lot, l'avocat comprend vite que Jawad Bendaoud a déjà eu affaire à la justice. Pour des petits délits. Du trafic de stupéfiants essentiellement. Mais aussi pour des faits criminels… Quelques années plus tôt, lors d'une rixe, il a poignardé involontairement l'un de ses amis qui n'a pas survécu… « Il me raconte cette histoire, poursuit Xavier Nogueras. Il me dit que son pote est mort dans la rue en bas de chez lui. Sur le trottoir. Pile où l'assaut a été donné par le Raid. Il me dit même que c'est à l'endroit où la tête du terroriste Chakib Akrouh a roulé après qu'il a actionné sa ceinture d'explosifs ! » L'avocat se demande où il a mis les pieds avec Jawad. Mais il a déjà en tête sa stratégie de défense : « Immédiatement, je me dis que Jawad, c'est un poisseux ! C'est un mec qui n'a pas de bol. Ce n'est pas un terro ! Et puis, surtout, je me dis que ça va être le dossier de ma *life* ! »

*

La suite de l'histoire lui donne raison. Salah Abdeslam en cavale, Jawad Bendaoud est, à ce moment-là, la seule personne qui offre l'espoir à toute la France d'avoir un jour un procès. Et de comprendre comment tout cela a bien pu se produire. Comment des jeunes hommes radicalisés ont pu tuer cent trente personnes en une soirée ? En bas de chez nous, dans les bistrots où l'on a l'habitude d'aller boire des cafés le matin et des bières le soir. Mais évidemment, le costume du « cerveau » est bien trop large pour Jawad. La justice tente pourtant de l'impliquer. Et déploie des grands moyens. Garde à vue à rallonge. Moyens techniques démesurés. Xavier Nogueras est avocat depuis six ans. Mais il apprend le métier à ce moment-là. « C'était un *full-time job* ! On prenait quelque chose de nouveau dans la gueule tous les deux ou trois jours. Il fallait éponger. Je suis devenu contre-enquêteur… » Le témoignage d'un des portiers du Bataclan qui croit se souvenir avoir vu Jawad Bendaoud en repérage ? Évacué. L'ADN de son client retrouvé sur le scotch ayant servi à attacher une ceinture explosive ? Expertisé. Et validé comme un ADN de contact prouvant que Jawad Bendaoud n'y est pour rien, même si la justice y reviendra…

À l'isolement, lui survit comme il peut. En se demandant bien ce qu'il fait là. L'instruction, évidemment, tire en longueurs. Mais Xavier Nogueras marque des points, jour après jour. Et c'est ainsi qu'il obtient la disjonction des dossiers. Jawad Bendaoud ne sera pas jugé avec Salah Abdeslam et ses complices présumés. Preuve qu'il ne fait pas partie des leaders de l'opération. Mais la justice estime toujours qu'il était bien conscient qu'il avait offert un toit aux terroristes les plus meurtriers ayant jamais agi en France depuis la Seconde Guerre mondiale.

Le 24 janvier 2018, son procès pour « recel de malfaiteurs terroristes » s'ouvre devant le tribunal correctionnel de Paris. Il est normal de voir des robes noires d'avocats dans une salle d'audience. Mais il est impressionnant de n'y voir que des robes noires. C'est le cas ce jour-là. La 16ᵉ chambre n'est pas assez grande pour accueillir les cinq cents personnes qui se sont constituées parties civiles. Celles-ci ont donc été orientées vers une salle de retransmission vidéo. Seuls leurs avocats et quelques journalistes ont le droit de voir Jawad Bendaoud en chair et en os. Surtout en chair. Depuis son passage sur BFMTV au lendemain des attentats, le prévenu a pris une vingtaine de kilos ceints dans des survêtements aux couleurs de ses clubs de foot préférés.

Si le premier jour, il se contente de livrer son identité à la barre et d'écouter le récit des faits, il déploie toute la stratégie de défense convenue avec son avocat dès le lendemain. Une stratégie extrêmement simple : montrer son vrai visage. Celui d'un homme qui fume de la drogue, regarde des films pornos, deale de la cocaïne et gagne sa vie comme marchand de sommeil. Autrement dit, l'exact opposé d'un terroriste. Et dans le texte, cela déménage. « Snoop Dog, il fait des soirées avec Ben Laden ? », lance-t-il à la présidente de l'audience. « Ben non, c'est impossible… » Pour corroborer ses dires, Jawad Bendaoud ouvre le robinet. Outre Snoop Dog, il convoque dans son récit le rappeur Joey Star, « un sandwich escalope Boursin », « un bon gros joint de beuh », « trois cuillers de lentilles au bœuf », l'actrice X Katsuni, la sœur du footballeur Lassana Diarra, sept grammes de cocaïne et une comptine enfantine… Sur les rangs de la presse judiciaire, les journalistes sont incrédules. Le stylo levé, ils se demandent comment rendre compte de cet interrogatoire lunaire. Dans la salle, les parties civiles sont tout autant perdues. Mais au bout de deux jours, Bilal Mokono, une victime clouée sur un fauteuil roulant depuis l'attentat du Stade de France, résume la pensée générale : « Depuis le début, je me demande si c'est un terroriste qui nous manipule ou un imbécile ? Ça y est, j'ai tranché. C'est vraiment un imbécile… » Sans doute parce qu'il faut régulièrement le calmer lorsqu'il menace de s'en prendre physiquement à certains avocats qu'il n'hésite pas à qualifier de « vieille mobylette »…

*

Tout au fond du prétoire, Isabelle Prévost-Desprez est aux premières loges pour assister au spectacle. Brillante, cette magistrate que la France a découverte à l'occasion de l'affaire Bettencourt a été désignée pour présider les débats. Sur un fil, elle parvient à maintenir l'équilibre en laissant Jawad Bendaoud éructer en permanence tout en le recadrant gentiment lorsqu'il dépasse les bornes ou qu'il ment éhontément. C'est le seul moyen pour s'approcher au plus près de la vérité. Épuisé par des mois et des mois de détention à l'isolement, le prévenu se laisse doucement amadouer. Un jour qu'elle l'interroge, il lui lance : « Tranquille, madame la juge, il n'y a rien entre nous, hein ? » La juge répond du tac-au-tac : « Je vous confirme M. Bendaoud, il n'y a rien entre nous. » Sans parvenir à effacer le joli sourire qui s'affiche alors sur son visage…

C'est cet échange qui fait croire à Xavier Nogueras qu'il est sur la bonne voie. Que sa stratégie fonctionne… « J'avoue que quand on a vu Isabelle Prévost-Desprez sourire, on s'est dit que c'était en train de marcher… Que tout le monde était en train de voir que ce mec-là n'était pas un terroriste, mais surtout qu'il n'avait pas hébergé les autres en sachant qu'ils étaient terroristes. Lui voulait juste un peu d'argent pour continuer ses petits trafics… »

L'avocat encourage donc son client à poursuivre ce que les médias ont appelé le « *Jawad Comedy Club* ». Tout en lui expliquant qu'il ne faut pas en faire de trop. Subtil équilibre. Les réseaux sociaux s'enflamment pour ce personnage alors qu'il est le premier à être jugé pour son rôle dans les attentats de 2015. « J'ai vraiment découvert son côté *showman* à l'audience, reprend aujourd'hui son avocat. Nous, on bossait sur le dossier. Mais c'est un mec… vous le mettez dans une pièce : en cinq minutes, il fait rire tout le monde ! » Parfois à ses dépens… Souvent à ses dépens…

*

Mais seul le résultat compte. Le parquet requiert une peine de quatre ans de prison à son encontre, mais, le 14 février, Jawad Bendaoud est relaxé. « Un pur moment de bonheur. C'était quand même totalement inattendu », lâche Xavier Nogueras. Paradoxalement, c'est sans doute à ce moment-là que tout bascule pour celui que l'on a surnommé, tour à tour, « le logeur de Daesh » ou « Century 21 ».

En fin de journée, une centaine de journalistes font le pied de grue devant la prison de Fresnes (Val-de-Marne) en attendant la sortie de détention de cet homme alors âgé de 32 ans. L'administration pénitentiaire manœuvre. Une voiture aux vitres teintées sort de la prison. Caché sous une couverture sur la banquette arrière, Jawad Bendaoud recouvre la liberté. Il est déposé, un peu plus loin, à la gare RER. « C'est simple, on l'a incarcéré comme un terroriste et on l'a fait sortir comme un voleur de mobylettes », enrage encore aujourd'hui son conseil. Pas de quoi déstabiliser le personnage.

Sur le quai du RER, il alpague un voyageur qui, bouquet à la main, s'apprête à rejoindre son amoureuse pour la Saint-Valentin. Jawad Bendaoud lui demande son téléphone portable à sa façon : « Faut que j'appelle mon baveux ! » Xavier Nogueras débarque et récupère son client. Il l'emmène du côté de la porte Dauphine à Paris. Quelques semaines plus tôt, lors de l'audience, Jawad Bendaoud avait donné son sentiment sur la sortie de détention. « Vous voulez que je vous cite le nombre de détenus qui crient : "Allahou Akbar ! Quand je sors, je vais tout faire péter !" ? Qu'est-ce qu'ils font une fois sortis ? Ben, ils font péter une escort-girl et un mojito ! » Mais ce n'est pas le programme. Pour lui, ce sera simplement une belle côte de bœuf ! Et c'est déjà pas mal. « Il pleurait devant ses frites, se souvient Xavier Nogueras. Il sortait de vingt-huit mois passés à l'isolement. Il était gros. Il était dégueulasse. Il avait les cheveux longs, sales. Mais il était bien vivant. »

À la table voisine, quelques titis parisiens demandent au patron du restaurant de changer de chaîne. « Il n'y a que Jawad et son procès. Tu peux mettre le foot ? » Ce soir-là, Cristiano Ronaldo martyrise le Paris-Saint-Germain sur la pelouse du Real Madrid. Les clients se désintéressent rapidement du match. Encore plus quand Jawad Bendaoud lève la tête de son assiette et révèle son identité. « Dix minutes plus tard, il y avait cent mecs dans le bar. Tout le monde voulait un selfie avec lui. C'est à ce moment-là que la *starsystemisation* a vraiment débuté… », commente Xavier Nogueras. Et elle ne s'est pas arrêtée le lendemain. Échaudés la veille au soir, les journalistes continuent de traquer l'ex-détenu dans les rues de Paris. Pour avoir sa première réaction d'homme libre. Décision est prise de l'envoyer chez une ex-copine à Perpignan. Celle-ci finit par accepter à deux conditions : « Ne pas être emmerdée par la police, ne pas être emmerdée par les journalistes. »

Las, début mars, elle découvre une caméra de BFMTV quand elle sort de chez elle. Pour calmer les esprits, Jawad Bendaoud accepte de donner une interview. Quelques heures plus tard, les pieds dans le sable sur une plage du sud, le ventre rebondi sous un survêtement jaune fluo, il livre son sentiment. « Je pensais être condamné à 80 %. Les juges ont fait preuve de courage. Pour l'instant, je préfère rester au calme… »

Un vœu pieux. Car Jawad Bendaoud est vite rattrapé par ses démons. Il découvre qu'il est devenu une star lors de son procès et il en joue. « C'est vraiment la descente aux enfers. Il était devenu un instrument médiatique. Il ne disait "non" à aucune sollicitation, raconte encore Xavier Nogueras. À la fin, j'avais fini par le mettre dans un hôtel en bas de chez moi. Pour garder un œil sur lui. » Pas simple. En attendant son procès en appel, le natif d'Épinay-sur-Seine refait parler de lui dans les colonnes des faits divers. Il est poursuivi pour des menaces de mort sur une ex-compagne et des actes de rébellion à l'encontre des forces de l'ordre. Xavier Nogueras tente de le maintenir à flot. Pas simple quand Netflix s'intéresse à vous pour un projet de série qui ne verra, finalement, jamais le jour. Tout ça lui monte à la tête…

*

Le 21 novembre 2018, c'est donc en tant que prévenu libre que Jawad Bendaoud comparaît devant la cour d'appel. Arrivé au palais de justice en taxi, il patiente de longues minutes devant la salle d'audience. Il sort son portable pour filmer les journalistes qui tentent d'obtenir son sentiment. Mais il se contentera de le faire sur ses réseaux sociaux. « Et c'est reparti… », poste-t-il. C'est surtout reparti pour le show. Vêtu d'un improbable survêtement noir à paillettes, Jawad Bendaoud donne l'impression d'attaquer la saison 2 de son spectacle. Son image refait le tour du monde. À tel point qu'un Américain décide de se déguiser en « Jawad » pour Halloween avant de s'excuser devant le tollé provoqué.

Bouillant, le prévenu sort la même stratégie de défense qu'en première instance. Il y a toujours autant de parties civiles. Mais au fil des journées d'audience, on s'aperçoit que cela ne prend pas. Les journalistes désertent le prétoire, lassés par la performance. Sent-il quelque chose lui échapper ? « Il y a une vraie rupture, reconnaît son avocat. Au premier procès, il faisait marrer tout le monde. Là, il était dans l'agressivité. Front contre front avec moi pour parvenir à le calmer… » Pas à tous les coups. À plusieurs reprises, le président est obligé de suspendre les débats pour retrouver un peu de quiétude. Insultes, menaces… Rien ne semble pouvoir arrêter le prévenu dans sa descente aux enfers. Sans doute parce qu'il a du mal à retrouver pied. Lui qui a passé vingt-sept mois à l'isolement en détention n'a pas plus de compagnie maintenant qu'il est redevenu libre. Un tour sur SnapChat suffit à s'en convaincre. Le soir, au son de Heuss L'Enfoiré, il poste des vidéos où on le voit acheter des Kinder dans un Franprix. Ou faire un tour de scooter dans les rues de Saint-Denis. Sans casque évidemment. Le seul qui trouve grâce à ses yeux semble être son chien. Xavier

Nogueras s'en rappelle bien. « Un *american staff*! Il m'avait demandé de lui avancer l'argent. Je lui ai offert... »

Mais devant la cour d'appel, la magie n'opère plus. Et logiquement, il est condamné à quatre ans de détention. Les magistrats estiment qu'avec tout le battage médiatique ayant suivi les attentats, Jawad Bendaoud « ne pouvait pas ignorer » qu'il hébergeait deux individus recherchés par tous les flics de France. « Pour moi, cela reste un véritable scandale, s'emporte encore aujourd'hui Xavier Nogueras. C'est un scandale. L'État n'a pas voulu reconnaître qu'il n'avait rien à voir là-dedans. Surtout, il aurait fallu lui payer des indemnités pour la détention injustifiée. Vous imaginez ça ? » Pour l'avocat, l'expérience laisse des traces. Mais elle l'aide à avancer dans sa carrière. « J'ai découvert l'erreur judiciaire à ce moment-là. Ça fait perdre le côté idéaliste. »

Pour lui, malheureusement, ce n'est pas le seul écueil de ce dossier. Bien trop occupé à gérer Jawad Bendaoud, Xavier Nogueras délaisse un autre gros client : Robert Dawes, narcotrafiquant britannique notoire. Quelques jours avant son procès en décembre 2018, celui-ci fait parvenir à son avocat un prétendu document de la justice espagnole qui pourrait faire sauter toute la procédure l'incriminant. L'avocat s'en empare sans faire les vérifications d'usage... C'est un faux grossier qui fait scandale. La justice décide de ne pas laisser passer et poursuit l'avocat qui se débat, depuis, dans cette procédure qui pourrait mettre un terme à sa carrière.

« La vérité, c'est que je devais gérer le procès de Jawad et celui de Dawes en même temps... Et que je ne me suis pas rendu compte que c'était quasi impossible, reconnaît aujourd'hui la robe noire. J'ai appris… » Et posé les bases d'une très belle carrière simplement menacée par l'affaire Dawes désormais.

Et lorsqu'on lui demande si Jawad Bendaoud lui a permis de gagner sa vie, il répond du tac-au-tac. « Son dossier, c'était 1 500 balles pour quatre ans d'instruction. Et un forfait par jour de procès. Mais le retour sur investissement, il est là », dit-il en pointant son armoire peuplée des dossiers de tous ceux qui, depuis, lui ont fait confiance. « C'est vrai que le dossier de Jawad est le plus gros de ma carrière. Mais je l'ai surtout pris parce qu'il me faisait de la peine et qu'il devait être aidé, défendu. » En disant cela, l'avocat sait que ce cas de figure risque, sans doute, de se reproduire à l'avenir.

Chapitre 6

Les huit bébés de Dominique Cottrez et maître Frank Berton

Comme s'il était devenu agent immobilier, Frank Berton fait faire le tour du propriétaire. Le hall d'accueil, le bureau, la petite cuisine, le coin repos : tout y passe… Et même le débarras où conserver les archives judiciaires de ses clients. « Regarde, dit-il en pointant les étagères vissées aux murs. Une, deux, trois, quatre, cinq, six, sept et huit ! Une pour chaque bébé de Dominique Cottrez ! » Et le pénaliste de partir dans un grand éclat de rire.

Il ne faut pas s'y tromper. L'humour noir n'est pas ici un manque de respect. Mais bien, pour lui, une façon de supporter l'horreur des dossiers qui lui sont confiés. De mettre une barrière. Et de continuer à tracer son chemin depuis l'affaire d'Outreau qui l'a fait connaître. Qui lui a permis de devenir l'un des plus grands avocats de France et d'ouvrir, au printemps 2017, un deuxième cabinet à Paris, à deux cents kilomètres au sud de ses bases lilloises. Ce jour-là, en slalomant entre les cartons de déménagement, il doit sans doute repenser à tous ceux qui ont placé leur sort entre ses mains au cours de ces années. Florence Cassez, emprisonnée à tort au Mexique ; les familles d'Antoine de Léocour et de Vincent Delory, otages tués au Niger ; le terroriste Salah Abdeslam par exemple… Et Dominique Cottrez, donc.

La France a découvert l'histoire de cette femme au cœur de l'été 2010. Le 27 juillet exactement. Lorsque les gendarmes ont sonné à sa porte, elle a commencé par confirmer que sa famille vivait bien, auparavant, au 43 rue de Fressain à Villers-au-Tertre, un petit village coincé entre Valenciennes et Cambrai, dans le Nord. Trois jours plus tôt, les nouveaux propriétaires de la maison en briques rouges avaient décidé de profiter du soleil pour effectuer des travaux dans le jardin. En creusant dans la pelouse, ils avaient d'abord découvert un sac-poubelle contenant le cadavre d'un nourrisson, en état « de putréfaction avancée », d'après les premières constatations. Et puis un second…

En larmes, lors de sa garde à vue, Dominique Cottrez n'a pas mis longtemps à reconnaître qu'elle en était la mère. Et elle a poursuivi, expliquant aux enquêteurs incrédules que d'autres corps de bébés étaient cachés dans sa nouvelle maison. Sur les lieux, dans une ancienne cuve à fioul, il y en avait, en effet, six. Tous nés vivants. Dans ses souvenirs, le premier était né et tué en 1989. Les autres avaient suivi. Elle les avait étranglés, prenant, à chaque fois, la décision au moment des premières contractions. Le premier était un petit garçon. Elle n'avait pas regardé le sexe des autres.

Entre deux sanglots, elle ajoutait qu'après les accouchements, elle avait d'abord mis les cadavres dans la salle de bains, dans le panier à linge sale. Avant de les déplacer dans la garde-robe de sa chambre. Et, plus tard, dans le garage quand la citerne de fioul avait été retirée... Son mari, Pierre-Marie, avait bien repéré de drôles d'effluves, mais elle avait pris l'habitude d'aérer la pièce, « même en hiver ». Quant aux visiteurs, ils avaient mis ça sur le compte des pieds du patriarche qui, aux dires de certains, dégageaient une « odeur insupportable »...

*

Frank Berton était en vacances dans le sud de la France quand l'affaire a éclaté. Jamais totalement déconnecté, il avait suivi ça. Et n'a donc pas été surpris quand l'avocate Marie-Hélène Carlier l'a contacté. C'est elle qui venait de récupérer le dossier de Dominique Cottrez. Mais dès la garde à vue, elle a compris qu'elle aurait besoin de l'aide d'un grand pénaliste. Frank Berton donc. Qui se greffe à cette équipe en septembre. « Je vois Dominique Cottrez à ce moment-là. Et elle baisse les yeux. Immédiatement, je me dis que cela ne va pas être simple. Et je fais un premier diagnostic : Dominique est quelqu'un qui s'excuse de demander pardon... »

Le ténor fait tous les interrogatoires devant la justice avec elle. Pour avancer. Pour comprendre. Mais il hallucine un peu. « Je remarque que la juge est enceinte. Quand on y repense ! Faire instruire une affaire de huit infanticides par une femme qui attend un bébé, c'est dingue, non... »

Lui se souvient surtout de l'affaire Véronique Courjault. En 2006, cette femme avait fait découvrir le déni de grossesse à l'opinion publique quand elle avait reconnu avoir tué trois de ses nouveau-nés. Elle avait brûlé le premier dans une cheminée, congelé les deux autres. Frank Berton avait failli s'occuper du dossier. Cela n'avait pas pu se faire. Mais il s'était intéressé à l'affaire. Et avait beaucoup lu sur le sujet.

Là, il rencontre donc Dominique Cottrez. Apprend qu'en 1991, au moment des faits, elle pesait 126 kg pour 1,56 m. Une « obésité extrême », selon les spécialistes. Mais surtout une femme qui a peur de tout. Du genre à sursauter quand quelqu'un éternue dans la pièce. Le problème, c'est que l'avocat a besoin qu'elle parle. A besoin de comprendre tout ça. « À chaque question, elle répond "oui" ou "non". Pas plus. Elle ne se souvient de rien. Même pas des dates de naissance. On la pousse là-dessus. Pourquoi ? Parce qu'on vise la prescription ! » Mais la Cour de cassation envoie l'avocat balader et sa cliente sur la route de la cour d'assises. Il ne désarme pas pour autant. Quitte à paraître parfois odieux. « Marie-Hélène Carlier tentait de la rassurer. Elle disait à Dominique : "Oui, je sais. Frank est dur. Mais je t'assure qu'on a besoin de lui. Il va nous sauver..." »

Les journalistes, eux, n'ont pas encore rendu les armes et continuent de suivre ce dossier hors-norme. Ils calculent. Huit enfants tués à terme. Cela fait six années de grossesse sans que personne s'en aperçoive. Il y a de quoi intéresser. Jusqu'à l'autre bout du monde. Un jour, en sortant du palais de justice, Frank Berton est surpris de découvrir une équipe de la télévision sud-coréenne qui l'attend ! Les « bébés

Courjault » avaient en effet été découverts au « Pays du matin calme », dans un congélateur. Logique qu'ils s'intéressent à ce nouveau dossier qu'ils qualifient déjà, dans leur vocable, de « record du monde des infanticides ». L'avocat, lui, ne s'arrête pas à cela. La prescription chancelante, il pense déjà à une nouvelle stratégie de défense. Et on l'aide bien pour cela. Le bruit court que Dominique Cottrez a été abusée par son père. Et si le grand-père était en fait… le père ? Et si c'était ça le mobile ? « On lui souffle l'histoire de l'inceste, raconte-t-il aujourd'hui. On lui dit que des bruits courent sur elle et son père. Il y a notamment une écoute téléphonique de la famille disant que ses enfants sont le fruit d'un inceste. Elle confirme du bout des lèvres. C'est une bonne raison de tuer, non ? Les deux seuls enfants vivants sont de son mari ! » Dans cet aréopage, le seul à ne pas marcher dans la combine s'appelle Éric Vaillant, procureur de la République. Il met en garde. Mais il n'est pas écouté.

Car le procès approche déjà. Frank Berton, comme d'habitude, essaye de cerner sa cliente pour la défendre au mieux. Mais là, il sèche, c'est compliqué. Dominique Cottrez ne parle pas. Elle pleure. Sans cesse. Continuellement. « Dominique, il va falloir parler ! Il va falloir y aller ! Je lui dis. Mais elle pleure. Et je la mets en garde : “Si vous pleurez devant la cour d'assises, cela ne va pas le faire !” » Il y aurait de quoi faire vaciller n'importe qui, avocat ou pas. Mais pas Frank Berton.

*

Juillet 2015. Il est donc l'heure pour Dominique Cottrez de comparaître. Jugée pour avoir ôté la vie à huit bébés. Du jamais vu. Frank Berton prend son bâton de pèlerin. Tous les jours, à 7 heures, il se gare sur un petit parking. Tous les jours, il aide sa cliente, qui comparaît libre, à monter dans son véhicule. Et tous les jours, il l'emmène à l'audience. Comme l'on mènerait un condamné à l'échafaud. Sauf que lui fait justement tout pour éviter ça. Il sait très bien qu'il marche sur un fil. Que l'opinion publique ne peut pas comprendre comment une mère peut tuer huit bébés en quelques années. Comment une mère peut ne pas s'intéresser à leur sexe, ne pas choisir de prénom... Frank Berton, lui, mise tout sur le pourquoi. Il tient sa raison – l'inceste – et il ne va pas lâcher. Face à lui, il a un sérieux adversaire. Éric Vaillant, le procureur qui a suivi toute l'instruction et qui, logiquement, a enfilé la robe de l'avocat général à ce procès. Il connaît la musique. Dominique Cottrez n'a jamais voulu s'intéresser aux nouveau-nés qu'elle a tués ? Lui va leur donner des prénoms. Et il va replonger dans chaque histoire, chaque date, chaque bout de cette intrigue familiale. Dont le plus gros morceau est cette histoire d'inceste.

C'est d'abord la présidente de la cour d'assises qui attaque en posant des questions placées sur un fil entre douceur et fermeté. Depuis son arrestation, Dominique Cottrez a pris encore plus de poids. Bloc sanglotant de 150 kg dans son gilet gris, elle répond par monosyllabes. Souvent, elle ne finit pas ses phrases. Mais on comprend que son père l'a violée très jeune. Qu'il y a eu un épisode dans un champ. Puis qu'elle a rencontré son mari. Mais que les relations avec son père ont repris plus tard lorsqu'elle avait 23 ans. Lorsque sa première fille était née. Deux à trois fois par mois. « C'était comme un amant », souffle-t-elle alors.

Éric Vaillant y va, à son tour. Il descend de l'estrade et se place à proximité du pupitre. Juste à côté d'elle. Il repose les mêmes questions au sujet de son père, Oscar, mort depuis. Où ? Quand ? Comment ?

– C'est lui qui a pris votre virginité ?

– Oui.

– Vous lui avez dit quelque chose ?

– Non, jamais.

– Madame, quand vous avez évoqué l'inceste pendant l'instruction, j'ai poussé un ouf de soulagement. Mais peut-être que je me suis trompé. Avez-vous inventé cette histoire d'inceste ?

– Non !

– S'il a fait ce que vous dites qu'il a fait, c'est un immense salopard. Mais si c'est un mensonge, il faut le dire. Il vous a bien fait tout cela ?

– Oui, mais ça reste mon père.

Sur le côté, Frank Berton voit bien que tout cela ne va pas suffire. Que la cour pose un regard circonspect sur cette accusée qui n'est plus qu'une montagne de larmes. Il décide d'enfoncer le clou. « Les jurés ne vont pas vous croire, lance-t-il à sa cliente. Il faut vous réveiller un peu ! » Il se lève, fait quelques pas dans la salle d'audience et avise les deux filles de l'accusée qui sont assises, derrière elle, au premier rang. « Vous le jurez sur la tête de vos deux filles que votre père vous a violée ? »

La réponse tombe comme un couperet. Sans bruit. Elle est soufflée plus que dite : « Non… » Fine, la présidente de l'audience laisse l'avocat poursuivre l'échange qui vient de renverser tout le dossier. « Votre père ne vous a pas violée ? », demande-t-il encore à sa cliente. « Non », répète-t-elle avant de défaillir. Frank Berton est groggy. KO debout. La présidente suspend immédiatement l'audience.

Des années plus tard, le pénaliste se souvient très bien de cette scène. Et il s'en veut toujours. Toujours d'avoir oublié l'une des règles élémentaires de la défense pénale : lorsqu'on interroge son client, il faut toujours poser des questions dont on connaît la réponse. Dont on est sûr de la réponse. « Franchement, ce jour-là, je prends un coup comme je n'ai jamais pris à un procès », avoue-t-il.

Après la suspension, il retrouve sa cliente dans la salle des pas perdus. Elle pleure évidemment. « Je suis désolée », balbutie-t-elle avant de se faire engueuler. Car Frank Berton sait bien qu'il est en train de perdre la partie. L'audience reprend d'ailleurs. La présidente redemande à Dominique Cottrez si elle a bien menti durant toutes ces années. Si elle a bien fait croire que son père avait abusé d'elle avant de livrer, enfin, aujourd'hui, la vérité. L'accusée confirme, une nouvelle fois, à la barre. La présidente enchaîne : « On va reprendre tout depuis le début. On va reprendre les bébés un par un… » Ce soir-là, Frank Berton quitte l'audience avec la mine des mauvais jours. « Putain, j'ai plus d'alibi ! J'ai plus d'arguments ! J'ai plus rien ! »

Mais la nuit porte conseil. Et l'homme au visage de boxeur n'est pas du genre à jeter l'éponge. Le lendemain matin, il retourne sur le petit parking. Il embarque sa cliente. Et fourbit sa nouvelle stratégie. « Je me dis qu'on va partir sur le déni de grossesse. C'est vraiment casse-gueule parce que ce n'était pas vraiment un déni de grossesse. Mais je me dis qu'on va y aller… » Surtout, il a confiance en lui. Et désormais en la parole de sa cliente. « Elle a fini par avouer à l'audience. Tout ce qu'elle va dire, à partir de ce moment-là, ne pourra être considéré que comme la vérité ! »

*

Il ne reste plus beaucoup de jours pour renverser la vapeur. Mais Frank Berton les consacre à faire parler sa cliente de son état de santé. De son poids, essentiellement. Du regard des autres. Et surtout des mots prononcés par une sage-femme lors de son premier accouchement. Celle-ci lui avait fait comprendre que les choses étaient extrêmement compliquées en raison de son poids. « Si vous avez d'autres enfants, il va falloir penser à maigrir, tout de même ! » Depuis, Dominique Cottrez n'a plus jamais voulu voir un médecin. Elle n'a plus jamais voulu voir personne, en fait. Coincée dans son corps comme dans sa vie.

Avant d'aborder toutes ces questions dans le prétoire, Frank Berton n'a demandé l'avis de personne. « Je ne dis jamais aux clients ce que je vais faire. Jamais ! C'est un principe. Sinon, je ne fais plus rien. Je me fais confiance. Si je me plante, si on est condamné, j'explique. Mais c'est tout… » Petit à petit, l'avocat sème des cailloux dans l'esprit des jurés. Il connaît trop la chanson. Il les observe un à un, du coin de l'œil. Et sur son calepin, il fait son petit décompte. Il y a ceux qui transpirent la compassion et la pitié pour sa cliente. Ceux qui ne sont pas touchés par ses pleurs ininterrompus. Et ceux qui sont en balance. Qui hésitent encore. C'est à eux que l'avocat s'adresse au moment de sa plaidoirie. Le rituel est désormais rodé. « Je me suis levé à 4 heures du matin… » Café. Cigarettes. Quelques idées sur une feuille. Et puis il fait les cent pas dans la cour du palais de justice de Douai. Depuis le temps, l'avocat en connaît chaque pavé, chaque fissure, chaque recoin. Il répète, révise. Mais n'apprend rien par cœur. Il se laisse porter. Puis, il rentre dans le prétoire et se lève pour sauver la mise de sa cliente.

Quelques pas. Frank Berton s'approche de celle qu'il défend. Il pose une main sur son épaule. Et prononce ses premiers mots : « Dominique, vous êtes belle… », attaque-t-il. Surprise, l'accusée n'a pas le temps de relever la tête que la deuxième phrase surgit : « Dominique, je vous aime ! » En quelques mots, Frank Berton venait de montrer le chemin à la cour d'assises. Montrer qu'il fallait aimer cette femme pour qu'elle revienne parmi les vivants. Qu'on pouvait aimer cette personne malgré ses pleurs, ses kilos. L'aimer en dépit du fait qu'elle avait tué huit bébés à leur naissance. « Honnêtement, je pense que c'est la plus belle plaidoirie que j'ai jamais prononcée, dit-il avec le recul. Quand j'y repense… J'avais la pression. Pour la première fois, mes deux plus jeunes enfants étaient venus m'écouter… »

Quand ils partent délibérer, les jurés ont encore ses mots dans leur tête. Mais ils ont aussi ceux d'Éric Vaillant, l'avocat général, qui, un peu plus tôt, a requis une peine de dix-huit ans de prison à l'encontre de Dominique Cottrez. Quelques heures plus tard, ils reviennent sur place pour livrer le verdict : neuf ans de prison ! Une décision inespérée pour Dominique Cottrez et son avocat. En concluant sa plaidoirie, Frank Berton avait rappelé, malicieusement, aux jurés qu'ils pourraient dire à leurs proches : « Cette femme, je l'ai comprise… » En entendant la sentence, il a le sentiment du devoir accompli. Encore plus lorsqu'il découvre que le parquet ne fait pas appel de la décision, comme il l'indique immédiatement. Comme si l'humanité l'avait emporté. Envers et contre tous. Et que tout le monde en était d'accord.

*

La peine est, certes, faible par rapport à celle réclamée par l'avocat général. Mais elle ne permet pas à Dominique Cottrez de recouvrer la liberté immédiatement. Alors, elle patiente encore quelques années en détention. Et Frank Berton ne la lâche pas. Il fait tout pour la sortir de là. Mais il n'est pas au bout de sa surprise. Quand, en 2018, son dossier de libération conditionnelle devient sérieux, il s'aperçoit que sa cliente – et son mari qui ne l'a pas abandonnée – ont encore menti à la justice… Sur leur future résidence. « Pierre-Marie avait loué une maison à cinq kilomètres des lieux du drame, s'étrangle encore aujourd'hui l'avocat. Elle avait parlé d'une autre adresse… » Coutumier du fait, Frank Berton s'énerve.

Il fait résilier le bail à peine signé. Et préfère prendre les devants en prévenant la justice. « Sinon, sa libération aurait été révoquée. Elle serait repartie en tôle ! »

Mais non, la mère finit par retrouver les siens. Et tente de retrouver le cours de sa vie. Frank Berton, lui, sait que la sienne ne sera jamais plus la même. Comme à chaque fois qu'il referme un dossier judiciaire en réalité. « Putain, c'était pas un bébé… C'étaient pas trois bébés… C'étaient huit bébés… », lâche-t-il des années plus tard, comme s'il venait de lire l'histoire dans *La Voix du Nord*. Pudique, il ne parlera pas de sa fierté d'avoir obtenu un si bon résultat devant la cour d'assises.

Même si, aujourd'hui, c'est tout ce qu'il reste. « C'est une belle affaire à défendre », admet-il à demi-mot. Avant de détailler : « Une belle personne à défendre ? C'est compliqué… Dominique était trop silencieuse. Pour défendre, je dois me nourrir. Là, elle ne disait rien. Elle était engloutie sous le poids du drame. Toujours en larmes. Toujours en train de pleurer. Sa seule solution à tout ça a été le mensonge. Même devant le fait accompli. Comme un gamin pris la main dans un pot de confiture. »

Des propos choquants ? Non, plutôt une philosophie que le pénaliste assume pleinement. Lorsqu'on lui demande s'il a des nouvelles de sa cliente, il exhume son portable, chausse ses lunettes et cherche dans ses SMS. « Je n'ai même pas son numéro. Je crois qu'elle m'avait envoyé un simple "Merci". Elle a repris le cours de sa vie. Elle est auxiliaire de vie. Quand on pense qu'elle a tué huit fois, c'est dingue, non ? » Devant mon regard circonspect, il enfonce le clou. « Moi, j'essaye d'oublier mes clients. Sinon, je vis avec eux et avec leurs drames. Et ça, c'est pas possible. Et puis, eux aussi veulent m'oublier. J'appartiens à leurs problèmes. Si je dois les aider à nouveau, je le fais bien sûr. Mais sinon, ce n'est pas nécessaire. »

Chapitre 7

Le « quelconque » maître Grégory Vavasseur et l'Ogre

La nuit venait de tomber. Il gelait à fendre les pavés de la cour d'appel de Versailles en ce vendredi soir terne de novembre 2018. Tout le monde voulait donc rentrer chez soi lorsque Grégory Vavasseur se leva dans le prétoire. « Quand Michel Fourniret a été poursuivi pour l'affaire qui nous occupe aujourd'hui, il a réclamé l'assistance de "l'avocat le plus quelconque du barreau local le plus quelconque", attaqua-t-il. C'est tombé sur moi… » D'un seul coup, les journalistes levèrent les sourcils. Les jurés, cinq hommes et une femme, se réveillèrent. Même les proches de Farida Hammiche, engoncés sur le banc des parties civiles, ne purent s'empêcher d'esquisser un léger sourire.

C'était pour elle qu'ils étaient là. C'était pour elle que la cour d'assises était rassemblée. Pour elle et pour Michel

Fourniret donc. Accusé de l'avoir tuée, trente ans plus tôt, sur un chemin tortueux qui borde Clairefontaine, dans les Yvelines, et dont il prétendait ne plus « avoir souvenance », selon son vocabulaire ampoulé. Après quatre jours de procès, il n'y avait rien à attendre de la plaidoirie de l'avocat de l'Ogre des Ardennes. « Il avait reconnu les faits d'assassinat, rembobine celui-ci aujourd'hui. Tous les experts prétendaient que sa dangerosité était intacte. Bref, on savait très bien qu'il retournerait en prison le soir même et qu'il n'en sortirait jamais… »

Installé dans les Yvelines, Grégory Vavasseur avait hérité du dossier Fourniret une dizaine d'années plus tôt. Tout avait commencé par un coup de fil de son ami, le bâtonnier de Versailles. « J'ai un cadeau pour toi…, lui avait-il dit en se marrant. La défense de Michel Fourniret ! » À l'époque, Grégory Vavasseur avait six ans de barre et une dizaine de procès d'assises derrière lui. « Je suis tombé des nues, se souvient-il. Tout le monde ignorait que Michel Fourniret avait un dossier dans les Yvelines… »

Quelques mois auparavant, l'Ogre avait été condamné à la réclusion criminelle à perpétuité incompressible par la cour d'assises des Ardennes pour avoir tué sept jeunes filles âgées de 12 à 22 ans. Au cours de deux mois de procès éreintant, la France avait découvert le visage du « tueur en série le plus abouti », d'après les mots de l'expert psychiatre Daniel Zagury. Tout le monde aurait préféré refermer cette page sombre de l'histoire judiciaire. Mais les juges n'étaient pas d'accord. À Versailles, deux magistrats venaient ainsi, grâce au travail d'investigation de la presse notamment, d'établir un lien entre le tueur en série et la disparition de Farida Hammiche, en 1988.

Quand il en a été informé dans sa cellule de prison, Michel Fourniret a commencé par faire ce qu'il savait faire de mieux, à cette époque : prendre la plume. De son écriture de pattes de mouche, dans son style alambiqué, il s'adressa donc aux juges Nathalie Poux et Jean-Michel Berges en ces termes :

Madame et Monsieur,

Pour des raisons essentiellement géographiques, je prends la décision de libérer les avocats Pierre BLOCQUAUX et Olivier MARTINS de la mission d'assistance qu'ils eurent l'obligeance de me consentir.

Vu le nombre de handicaps que je possède, tant au plan des facultés intellectuelles qu'au plan de l'acuité auditive, etc. ; handicaps dont l'effet risquerait de desservir ou de compliquer la manifestation de la vérité et d'outrager plus encore les proches de Farida HAMMICHE, il me faut convenir que comparaître seul devant vous ne refléterait pas le summum de ma volonté de coopérer au travail d'instruction.

Je viens donc, par la présente, solliciter de vos services d'obtenir d'un barreau local quelconque qu'il veuille bien commettre un avocat quelconque au soin de m'assister.

Voilà, c'est tout.

Voilà surtout comment Grégory Vavasseur s'est retrouvé, à 33 ans, embarqué dans cette affaire. « Le bâtonnier avait d'abord demandé à une consœur. Mais celle-ci avait refusé. J'étais le deuxième sur la liste… » Installé en bordure de la forêt de Rambouillet avec des dossiers aussi divers que variés, Grégory Vavasseur a alors un doute. Des sentiments mêlés. « D'un côté, il y avait la fierté d'avoir été choisi par le bâtonnier et la curiosité de rencontrer quelqu'un comme Fourniret, résume-t-il en plaçant ses arguments dans deux colonnes opposées. Mais j'étais aussi inquiet par la réaction de mes proches et l'éventualité de perdre des clients à cause de l'image du monstre à laquelle j'allais être associé malgré moi... »

C'est finalement son serment d'avocat qui présida à son choix. « Des dossiers pénaux, je n'en refuse aucun, me suis-je dit. Par définition, on sait que ce sont les poubelles de l'humanité. Mais c'est ma philosophie. Il fallait le défendre ! » Sa décision prise, Grégory Vavasseur commença par consulter le dossier de la disparition de Farida Hammiche dans le cabinet des juges d'instruction. Et en cette fin d'année 2009, il demanda un droit de visite au parloir de la prison de la Santé pour rencontrer son nouveau client...

*

Le jour J, après avoir slalomé dans les coursives, Grégory Vavasseur se retrouve donc dans une petite pièce. Michel Fourniret est amené. On lui ôte les menottes. Normal. Les surveillants pénitentiaires quittent la pièce. Logique. « J'étais un peu inquiet », souffle l'avocat. Tout-à-trac, il avise le tueur. « Il était assez petit. Pas vraiment impressionnant. Mais il avait ce regard bleu, perçant, presque inquiétant... Je lui tends la main. Il a des pognes énormes. Et des avant-bras puissants... C'est répugnant parce qu'on imagine directement ce qu'il a fait avec ça… » L'avocat surmonte sa peur et s'adresse alors à l'homme de 68 ans qui lui fait face.

– Monsieur, veuillez vous asseoir.

– …

– Vous ne voulez pas vous asseoir ?

– …

– Si vous ne vous asseyez pas, cela va devenir compliqué…

– Monsieur, on ne demande pas à Fourniret de s'asseoir. C'est Fourniret qui décide.

– Alors, ça va être compliqué de vous assister !

L'échange dure moins d'une minute. Il est glaçant. Le tueur en série plante son regard dans celui de son conseil. Et finit par se poser sur une chaise. « J'ai eu le sentiment que tout pouvait se passer durant cette minute. Mais il fallait montrer que je ne céderais pas. Que j'avais du répondant… C'était nécessaire. Et à partir de ce jour, il a toujours été aimable avec moi. Courtois. Presque sympathique, si j'ose dire. »

*

« Sympathique », mais toujours aussi pervers. Car l'histoire que Michel Fourniret lui déballe, sans ambages, a de quoi glacer le sang. Un gang de braqueurs, un magot enfoui dans un cimetière, un meurtre de sang-froid, des pulsions sexuelles inavouées et un corps jamais retrouvé : l'histoire de la mort de Farida Hammiche mêle tellement d'affaires hors-norme qu'elle émoustillerait n'importe quel scénariste en mal d'inspiration.

Elle commence le 29 septembre 1981 dans la rue du Docteur-Blanche, à Paris. Ce jour-là, vers midi, trois hommes pénètrent dans l'agence BNP. Ils menacent les employés, font ouvrir huit coffres de particuliers et repartent avec 11 000 francs. Satisfaits de leur forfait, ils remettent ça quelque temps plus tard à la Société générale, rue Mirabeau. Les enquêteurs ne tardent pas à établir leur mode opératoire. À chacun de leurs casses, les hommes arborent des looks différents. Un jour, ils portent des fausses barbes ; un autre des perruques ou des chapeaux bourgeois. Leur sobriquet est tout trouvé : ce sera le « gang des postiches » ! Un peu plus de quatre ans plus tard et vingt-sept banques visitées – sur le carreau desquelles ils laisseront huit morts –, les « postiches » sont arrêtés. Mais l'emplacement de leur trésor, lui, demeure inconnu.

Enfin, pas pour tout le monde… À partir d'une indiscrétion faite à un détenu en Italie, le lieu où le magot a été enterré parvient jusqu'aux oreilles de Jean-Pierre Hellegouarch. Crâne rasé, ce Breton d'extrême gauche ressemble à l'acteur Yul Brynner. Avec des mains de déménageur qui rappellent sa carrière de braqueur et de trafiquant de drogue. C'est justement pour ça qu'il purge une peine à la prison de Fleury-Mérogis. Et son compagnon de cellule n'est autre que… Michel Fourniret. À l'époque, le tueur n'est pas encore devenu l'Ogre des Ardennes. Mais il a déjà été condamné pour des agressions sexuelles sur mineures. Hellegouarch ne se méfie pas. « Il n'avait pas l'air fin, dira-t-il plus tard. Je me souviens qu'on l'appelait "Popeye"… »

« Popeye » profite justement de son séjour en prison pour rencontrer son « Olive » en la personne de Monique Olivier.

Pour cela, il passe une petite annonce dans l'hebdomadaire chrétien *Le Pèlerin* : « Prisonnier aimerait correspondre avec personne de tout âge pour oublier la solitude. » Elle lui répond. La liaison est établie. Mais, au détour des lettres, les deux amoureux nourrissent surtout de sombres desseins : enlever des jeunes filles vierges pour que Michel Fourniret assouvisse ses pulsions. Sauf qu'ils manquent de moyens. Qu'à cela ne tienne : Jean-Pierre Hellegouarch vient de balancer à son codétenu l'emplacement d'un soi-disant magot.

Michel Fourniret est justement libéré pour « bonne conduite ». Nous sommes alors en 1987. Tandis qu'il reste détenu, Jean-Pierre Hellegouarch lui demande d'aller voir sa fiancée pour récupérer le fameux trésor des « postiches ». Celle-ci s'appelle Farida Hammiche...

*

Une fois dehors, le tueur fomente un plan dont il a le secret avec Monique Olivier. Ils prennent contact avec Farida Hammiche et gagnent sa confiance. Quelques jours plus tard, la petite bande se pointe, en pleine nuit, au cimetière de Fontenay-en-Parisis, entre Paris et Chantilly. Et après deux repérages, Fourniret attaque la terre située entre le mur d'enceinte du cimetière et la tombe numéro 30. Celle de Louis Gloriand, l'ancien maire décédé en 1922. Rapidement, la pioche heurte une caisse à outils rouge. À l'intérieur ? Des boîtes en plastique. Pas des bons petits plats. Mais de l'or. Des lingots. Des Napoléons. Et même des pesos mexicains.

Il y en a alors pour vingt kilos. Le fruit des braquages des célèbres « postiches ».

Trente mille francs et l'achat d'une ferme ? Cinq cent mille francs ? Impossible de savoir exactement quelle part Fourniret avait négociée avec Jean-Pierre Hellegouarch pour exhumer le trésor. Les versions divergent. Mais visiblement, ce n'était pas suffisant pour le tueur. « Il m'a dit qu'il serait mieux d'avoir un peu plus… et même tout », résumera Monique Olivier aux enquêteurs. Le petit couple fixe alors un nouveau rendez-vous à Farida Hammiche. Michel Fourniret lui sert une sombre histoire d'armes à récupérer dans une ferme, non loin de Clairefontaine. Mais, sitôt descendu de voiture, il la plante, à l'aide d'une ancienne baïonnette très pointue qu'il avait récupérée chez son beau-père. Puis, il l'étrangle et la balance dans le coffre de la voiture. Une fois passé aux aveux, Michel Fourniret ira jusqu'à dire aux policiers que la jeune femme a continué à gémir sur plusieurs kilomètres dans le coffre « ce qui [lui] a été particulièrement insoutenable ». Avant qu'il s'arrête enfin pour l'enterrer quelque part…

*

Grégory Vavasseur est désormais au courant de toute l'histoire. Le dimanche midi, à l'heure du déjeuner familial, il élude quand ses proches lui demandent en souriant « Comment va Michel ? » Il refuse de répondre aux journalistes et accompagne son client cahin-caha. « Je le vois au parloir une à deux fois par an. Mais surtout, il m'écrit. Nous avons une correspondance plus qu'abondante.

Des lettres dans lesquelles on ne parle jamais du dossier. Certaines que je n'ai jamais comprises. Une sorte de café du commerce... On parle de la pluie et du beau temps. Un jour où je lui raconte que je vais déménager, il me propose ses services pour bricoler chez moi. Comme s'il n'était pas détenu. Comme si tout était normal... » Mais non, ce n'est pas normal d'envoyer des lettres qui couvrent, pour certaines, plus de cent pages. Avec des croquis, des dessins et même des poèmes.

L'avocat met alors plusieurs années à comprendre que son client le mène en bateau. Qu'il se sert de lui. Qu'il ne veut qu'une chose : gagner du temps. « Dès le début, il m'avait raconté le meurtre en détail. “Il est bien évident que le sort de Farida Hammiche était scellé...”, m'avait-il dit. Mais devant les juges, rien... Il expliquait qu'il ne se souvenait plus, qu'il fallait lui rafraîchir la mémoire. » Les magistrats patientent un peu et mettent le dossier de côté, le temps que l'Ogre des Ardennes se décide. Persuadés de sa culpabilité sans avoir ses aveux, ils espèrent toujours qu'il se découvrira un beau jour et qu'il indiquera, enfin, où repose le corps de Farida Hammiche.

En attendant, ils accèdent aux demandes du tueur. Histoire de le mettre dans de bonnes dispositions. Et, à cette époque, Michel Fourniret a beaucoup de souhaits. « Il a d'abord insisté pour qu'on lui calcule ses droits à la retraite », explique Grégory Vavasseur. Comme si sa vie de tourneur-fraiseur dans l'Indre pouvait encore lui rapporter quelque chose. Mais surtout, son obsession, c'est l'amour ! Son divorce d'avec Monique Olivier ayant été prononcé, il se met à repenser à son ex. À sa deuxième femme pour être plus précis : Nicole Clerget. « Il était toujours fou amoureux d'elle, poursuit son avocat. Il lui fallait plein de renseignements. Il a même évoqué l'idée d'écrire un livre, à condition que tous les revenus et les droits d'auteur lui soient reversés ! »

Les sentiments sont loin d'être partagés. Toujours installée à Clairefontaine, Nicole Clerget, elle, ne souhaite qu'une chose : oublier ses quelques années de mariage avec le tueur. Pas simple... Évidemment, les enquêteurs sont venus plusieurs fois la voir. Inlassablement, elle rabâche l'histoire d'un mariage rapide. Et de la petite entreprise de machines-outils qu'ils dirigeaient. « Moi, j'étais souvent en livraison, à Paris ou ailleurs. Au contact des clients, développe-t-elle aujourd'hui, en avisant une maison qui leur servait, jadis, d'entrepôt en bordure de forêt. Lui fabriquait les machines. Mais je ne sais pas exactement ce qu'il faisait de ses journées quand j'étais ailleurs... Tout ça remonte à loin maintenant. » À 1984 exactement. Quand le pervers a été arrêté pour agressions sexuelles sur mineures. Et que Nicole Clerget a réclamé, et obtenu, le divorce.

Depuis, les policiers sont revenus plusieurs fois. Ils ont retourné son jardin et abîmé ses plantations sans jamais rien trouver. Car ils ont la certitude que ce coin des Yvelines recèle une partie des horreurs du tueur. Divorcé en 1984, pourquoi Michel Fourniret serait-il revenu sur ces chemins qu'il connaissait bien en 1988, sinon ? Juste pour revoir son ex-femme ? Ou pour y cacher un corps ? Voire plusieurs ?

Dans leur bureau du tribunal de Versailles, les juges avancent. Ils finissent, après neuf ans d'instruction, à réunir suffisamment de preuves pour renvoyer Michel Fourniret devant une cour d'assises. À commencer par ses aveux qui sont, enfin, arrivés. Contrairement à ses autres meurtres, il n'y avait rien de sexuel dans l'assassinat de Farida Hammiche, laisse entendre Michel Fourniret. Mais il s'agit du crime fondateur. De celui qui lui a permis de faire main basse sur le trésor avec lequel il s'achètera ensuite le fameux fourgon C15 dans lequel il enlèvera ses victimes et surtout, le château du Sautou, dans les Ardennes, où les corps de deux d'entre elles ont été ensevelis, à la pelleteuse, sous trois mètres de terre !

*

En novembre 2018, le procès peut donc s'ouvrir. Il est prévu pour durer une semaine. Avec deux questions cruciales à l'ordre du jour : Michel Fourniret pourra-t-il révéler l'endroit où il a enterré Farida Hammiche ? Et livrera-t-il, au fil des audiences, des secrets sur la mort d'Estelle Mouzin pour laquelle il fait, à l'époque, office de suspect numéro un ?

Grégory Vavasseur est prêt. Satisfait de ne pas avoir perdu trop de clients en raison de la mauvaise influence de l'Ogre des Ardennes, il s'avance relativement serein dans la cour d'assises de Versailles. « Je n'avais pas d'obligation de résultat. Le principal enjeu, c'était de ne pas paraître ridicule devant mes confrères et devant la presse qui était venue en nombre pour voir Fourniret… » Mais, dès le premier jour, le public se met à douter. L'Ogre a perdu de sa superbe. Il a des problèmes d'audition. Il paraît rabougri. Il faut dire qu'il a déjà, à l'époque, 76 ans. Est-il encore capable de dire quoi que ce soit d'intelligent ? Ou manipule-t-il encore une fois tout son monde en faisant croire qu'il n'a plus toute sa tête ?

Impossible à dire. Interrogé sur les faits, il commence par utiliser toutes les subtilités de la langue française pour dire qu'il n'a « plus souvenance » du meurtre, que sa « mémoire n'est pas universelle » et qu'il est encore « dans le flou » sur le lieu où il a été commis. Avant, pourtant, de révéler, sans ciller, les derniers mots prononcés par Farida Hammiche, exactement trente ans plus tôt. « Je sais que j'ai commis ces actes-là. Mais de quelle façon ? Je n'en sais rien... Je me souviens juste... Elle m'a dit : "Ne me tue pas comme ça..." Vraisemblablement, c'était par étranglement... » Une chape de plomb s'abat sur le prétoire. Tout le monde a compris ce que les experts voulaient dire quand ils annonçaient que Michel Fourniret n'était « ni réadaptable, ni curable », mais que « sa dangerosité criminelle demeurait intacte en dépit de son âge ».

Avec le recul, Grégory Vavasseur pense que tout cela était vain. « Pour moi, il était déjà complètement aux fraises lors de ce procès. La cour l'a harcelé de questions, mais il n'était pas en mesure d'y répondre. Il n'avait déjà plus toute sa tête. » Et de se rappeler qu'au moment d'attendre le verdict, le tueur lui avait d'ailleurs demandé où il se trouvait exactement et quand il pourrait rentrer chez lui. « Quand je lui ai expliqué qu'on était à son procès, j'ai lu en lui la honte de montrer qu'il était malade... » Deux semaines plus tard, en effet, un rapport d'expertise médicale du docteur Isabelle Teillet, ordonné dans l'enquête sur la disparition d'Estelle

Mouzin, attestera que l'Ogre des Ardennes est « sur la voie d'un processus de dégénérescence sénile »…

Si elle l'avait su, la cour d'assises aurait-elle modifié son analyse de la situation ? Sans doute pas. Au moment de se prononcer, elle ne tremble pas et condamne Michel Fourniret à une nouvelle peine de réclusion criminelle à perpétuité pour le meurtre de Farida Hammiche. Michel Fourniret n'a jamais révélé l'endroit où il l'avait laissée. Le soir même, le tueur rejoint sa prison pour noircir des pages de la même couleur que son âme et jouer aux échecs, seul, contre lui-même. Grégory Vavasseur, lui, retourne chez lui vaquer à ses occupations habituelles, après avoir perçu un peu moins de 3 000 euros pour neuf ans de travail auprès d'un des pires criminels de son espèce.

« Et un beau jour, j'ai appris qu'il était mort. C'était le 10 mai 2021, le jour de mon anniversaire, donc je m'en souviens bien », lâche l'avocat. L'occasion pour lui de dresser le bilan de cette affaire. De faire son introspection. « Je crois qu'on me parlera de lui toute ma vie. S'il y a bien un dossier que je n'archiverai pas, c'est celui-là. Ce dossier, je ne l'ai jamais rouvert depuis le verdict. Mais je le ferai un jour, c'est sûr. Tout ce que je retiens finalement, c'est que c'était peut-être le client qui m'a le moins embêté de toute ma carrière… »

Chapitre 8

Maître Renaud Portejoie et le « monstre » Cécile Bourgeon

Un legging blanc ! Avec le recul, les enquêteurs se demandent pourquoi ils n'y ont pas songé. En ce 14 mai 2013, dans le parc Montjuzet, ils écoutent religieusement Cécile Bourgeon recracher son histoire sous un pâle soleil, sans jamais penser à son fameux legging blanc. La jeune femme raconte qu'elle le portait quand, deux jours plus tôt, sa petite Fiona a disparu dans ce célèbre parc de Clermont-Ferrand. Elle y était venue avec ses deux fillettes en fin d'après-midi. Mais, enceinte d'un troisième enfant, elle s'est assoupie dans l'herbe quelques minutes. Un quart d'heure peut-être… À son réveil, l'enfant de 5 ans avait disparu.

Quarante-huit heures plus tard, tout le monde la cherche encore. Faute de piste, les policiers de la police judiciaire ont demandé à Cécile Bourgeon de revenir dans le parc pour une espèce de reconstitution. Tout le monde est là pour bien comprendre. Le procureur de la République aussi, qui passe une main compatissante sur l'épaule de la mère éplorée. Sans jamais penser, à ce moment-là, à ce fameux legging blanc. Et au fait que ce vêtement ne porte « aucune trace de salissures compatibles avec une sieste dans l'herbe humide », comme il le notera, pourtant, des mois plus tard, dans son réquisitoire… Car Cécile Bourgeon ment. Elle ne s'est jamais assoupie dans ce parc. Elle n'y a même jamais mis les pieds, ce dimanche. Et Fiona n'a pas disparu. Elle est morte…

Ce matin-là, à proximité des balançoires et des toboggans, il y a aussi Renaud Portejoie. L'avocat vient d'être désigné pour aider Cécile Bourgeon. « Les policiers me font marrer quand je les entends dire, aujourd'hui, qu'ils avaient compris dès le début, raconte-t-il. La vérité, c'est qu'elle a berné tout le monde ! Au départ, tout le monde la croit ! » Comment pourrait-il en être autrement ? Frêle brindille tombée d'un nid auvergnat, Cécile Bourgeon multiplie les déclarations à la télévision nationale. Le trottoir devant chez elle a pris des allures de salle de presse. À toutes les caméras qui passent, elle rabâche la même chose : « Tous ceux qui peuvent nous aider… C'est vraiment un appel au secours. Et puis, bah… Voilà, le seul but, c'est de retrouver Fiona, c'est tout. Donc, on a vraiment besoin d'aide. N'importe qui qui voit Fiona. N'importe qui qui a Fiona, bah voilà, qu'il la ramène. Qu'il la ramène, c'est tout… », pleurniche-t-elle. Son compagnon d'alors, Berkane Makhlouf, paraît, lui, beaucoup plus agité. Sur le même trottoir, il menace les journalistes. Il tremble. Il vocifère. Mais il diffuse le même message. « Je veux qu'on me rende ma pépette ! Qu'on me rende ma gamine ! »

Fiona n'est pas sa « gamine ». Comme sa petite sœur, elle est issue de l'union de Cécile Bourgeon avec Nicolas Chafoulais. Lui n'a pas vu ses filles depuis plusieurs mois. Depuis que son couple a explosé et que Cécile Bourgeon s'est mise avec Berkane Makhlouf. Leur dernière entrevue a été houleuse. Pour éviter de s'en prendre à eux, Nicolas Chafoulais a passé ses nerfs en tapant dans un réverbère. Résultat : il s'est fracturé le tibia… Sur ses béquilles, il repense à tout ça alors que les recherches se poursuivent. On diffuse la photographie de l'enfant aux grands yeux bleus et aux oreilles décollées. On organise des battues. Tous les gens du coin s'y mettent. Mais personne ne trouve la moindre trace de la fillette alors que la France plonge doucement dans l'été.

*

Renaud Portejoie suit l'affaire de loin. Partie civile dans ce dossier, il n'a pas grand-chose à faire pour le moment. Et puis son truc, c'est la défense ! Avec son père, Gilles-Jean, et son frère, Jean-Hubert, il dirige l'un des cabinets d'avocats les plus prestigieux d'Auvergne. De quoi s'occuper. Le temps file. Le 29 septembre 2013, il est à Paris lorsqu'on l'appelle pour lui indiquer que Cécile Bourgeon a été placée en garde à vue à Perpignan. Le temps de se remettre de sa surprise, il découvre qu'elle est passée aux aveux…

Lors de sa quatrième audition face aux enquêteurs, Cécile Bourgeon a reconnu que Fiona était morte… Comme le prévoit la procédure désormais, la scène a été filmée. Sur la bande, on voit la mère dans un état second, alternant entre des larmes sincères et des rires nerveux tout en tirant frénétiquement sur une cigarette. Tutoyant le flic qui l'interroge pour lui livrer sa vérité. Lui s'appelle Christophe Molmy. Venu de Paris, c'est le patron de l'Office central pour la répression des violences aux personnes (OCRVP). C'est donc lui qui le premier découvre que Fiona serait morte la veille de sa prétendue disparition, d'après les explications de sa mère. Elle aurait succombé à des coups portés par Berkane Makhlouf. Pour éviter de finir en prison, le couple aurait décidé au petit matin d'aller l'enterrer en bordure d'une forêt dans les environs de Clermont-Ferrand. Nue et sans même un doudou. Le corps plié dans un sac informe. Avec sa petite sœur qui attend gentiment sur son siège auto, dans la voiture garée sur le bord de la route. Avant de tenter de faire croire, en fin d'après-midi, qu'elle s'était volatilisée dans un parc. L'horreur, en somme. Christophe Molmy encaisse le choc. Il sait que le couple est parvenu à garder le secret pendant quatre mois avant que Cécile Bourgeon ne craque. Il faut désormais s'occuper de Berkane Makhlouf. Lui faire confirmer cette première version. Comme dans les films, le policier le fait sortir de sa cellule et ne lui pose qu'une question : « Je sais que vous l'avez enterrée. Je sais même que tu as cassé le manche de la pelle en le faisant… Tu confirmes ? »

*

Renaud Portejoie aussi découvre toute l'histoire. Il se rend compte surtout que sa cliente lui a menti. Comme elle a menti à la France entière. « Mais jamais, jamais, jamais, je me dis que je vais sortir de ce dossier ! La question ne se pose même pas. On est avocat pour ce genre de cas. Il ne faut pas avoir des pudeurs de gazelle. » D'autant que la jeune femme qu'il défend se prétend toujours victime. Si Fiona est morte, c'est parce qu'elle a été victime des coups de Berkane Makhlouf, assure-t-elle. Et si elle n'a rien fait pour la chair de sa chair, c'est parce qu'elle craignait d'en recevoir autant. Évidemment, elle est incarcérée dans l'attente de son procès. « J'avoue que je suis étonné par cette version, se rappelle aujourd'hui Renaud Portejoie. Mais je n'ai pas vraiment le temps d'être surpris. Au départ, je me dis qu'on va retrouver le corps de Fiona. Et que cela va nous aider pour la suite. On est vraiment dans cette approche. »

Dehors, l'opinion publique gronde déjà. La France a été trahie. Elle a cherché Fiona partout et pour rien. Cécile Bourgeon a réclamé de la compassion alors qu'elle était coupable. Elle a menti en direct au journal télévisé ! Comment lui pardonner ? Certes, elle prétend encore que ce n'est pas elle qui a frappé Fiona. Qui l'a tuée. Mais le public ne peut pas concevoir qu'une mère n'ait rien fait pour protéger son enfant. Il ne peut pas concevoir, non plus, qu'on ne se rappelle plus de l'endroit où on l'a enterrée « nue et sans même un doudou », comme le précise désormais le procureur à chaque fois qu'il en a l'occasion. Cécile Bourgeon explique qu'elle prenait, à ce moment-là, de telles quantités de drogue qu'elle ne s'en souvient plus… Kétamine, héroïne, cannabis, cocaïne, champignons hallucinogènes… Des doses de cheval. Mais en toute logique, on doute. Tout le monde se demande si elle ne cache pas, encore, une partie de la vérité. « Dans cette séquence, elle me désarçonne vraiment, poursuit Renaud Portejoie. Je la trouve sincère, authentique... Et puis, il faut le dire, elle n'a pas le bagage intellectuel nécessaire pour être malicieuse à ce point-là... »

L'avocat pense que tout cela peut jouer en sa faveur. Il se dit qu'il faut tout faire pour retrouver le corps de la fillette. C'est la seule solution pour que l'affaire s'apaise un peu. Dès sa sortie du bureau du juge en septembre, sa cliente a émis l'idée d'être hypnotisée pour y voir plus clair. Ce n'est pas trop du goût de la justice. Pourtant Renaud Portejoie insiste. « Pour moi, on a un vrai intérêt judiciaire à retrouver le corps de Fiona, dit-il. Il ne faut pas s'enfermer dans un mensonge. Je l'ai dit à Cécile Bourgeon. Même si vous l'avez jetée à la poubelle, il faut le dire ! » Mais le mur ne se fissure pas. Et la justice en est réduite à organiser des fouilles le long des routes d'Auvergne pour tenter de raviver les souvenirs de l'accusée. Autant chercher une aiguille dans une meule de foin ! Ou laisser les médiums et leurs pendules diriger l'enquête ! Mais ces transports ont au moins une utilité pour Renaud Portejoie : lui faire prendre conscience que cette affaire est hors-norme. Qu'elle va le faire changer de dimension.

L'avocat est jeune, mais il en a vu d'autres. Pourtant, cette cliente est particulière. À quoi cela tient-il ? Au fait qu'elle a menti à l'opinion ? « Je ne sais pas, dit-il. Mais on sent une émotion forte. La révélation du mensonge exacerbe les passions. Le fait que ce soit une femme joue aussi. Il n'y a pas trop de précédents de ce type... » Les médias nationaux ne lâchent pas l'affaire. À chaque fois que la justice extrait Cécile Bourgeon de sa cellule pour l'emmener sur les routes chercher Fiona, les journalistes redescendent en Auvergne. « Peut-être parce qu'à chaque fois, on croit qu'on va retrouver le corps de la fillette et avoir la véritable explication », poursuit la robe noire. Dix ans après, il se souvient très bien de ces kilomètres avalés dans une fourgonnette aux suspensions douteuses. Serrés à sept ou huit avec le procureur de la République, l'escorte pénitentiaire Berkane Makhlouf et sa cliente qui enfle chaque jour passé en détention. « Quand je jetais un coup d'œil dans le rétroviseur, nous étions suivis par une quarantaine ou une cinquantaine de voitures de journalistes. À chaque fois ! »

En plein sevrage, Berkane Makhlouf n'est pas d'une grande aide pour les recherches. Vaseux en permanence, il ne fait que répéter qu'il ne conduisait pas la voiture et ne se souvient plus de la route. Cécile Bourgeon, elle, apparaît distante, désinvestie… Plus préoccupée par les menaces dont elle fait l'objet derrière les barreaux que par les recherches du corps de sa fille. Les juges d'instruction tentent d'avancer. Mais rien n'y fait. La vérité n'émerge pas. Et trois ans après les faits, c'est déjà l'heure du procès. Faute de corps, faute d'aveux circonstanciés, l'ancien couple est renvoyé pour « violences volontaires ayant entraîné la mort sans intention de la donner ». Ils encourent une peine maximale de trente ans de réclusion.

*

Il faut imaginer une ruelle sombre et étroite. Un bâtiment construit dans la célèbre pierre noire de Volvic. Un ciel bas et une fine pluie collante pour compléter le tableau. En ce 14 novembre 2016, il n'y a pas beaucoup de raisons d'arpenter la ruelle Saint-Louis-de-Riom. La seule est peut-être qu'elle abrite l'entrée de la cour d'assises du Puy-de-Dôme. À l'heure du laitier, une foule compacte envahit les lieux. On se presse. Comme s'il s'agissait d'inaugurer la dernière attraction de Disneyland. Mais non, c'est juste le premier jour du procès. « On pensait bien qu'il y aurait du monde. Mais sans doute pas à ce point-là », résume Renaud Portejoie. La justice non plus. Elle fait venir en urgence des barrières pour réguler la circulation pédestre alors que les esprits s'échauffent déjà. Emmitouflés dans leurs anoraks, les badauds avancent les raisons qui les ont conduits là. « Toutes les semaines, je regarde *Enquête criminelle* à la télé. Pour une fois que c'est chez moi, j'ai voulu venir », dit une sexagénaire bon chic, bon genre. « Moi, je suis étudiant en droit. Je veux voir un procès d'assises. Cela m'intéresse », assure un jeune homme. Sa voisine réfléchit un instant. Et passe aux aveux sans ciller : « Perso, je suis venue voir les monstres ! » Oubliant la présomption d'innocence, elle poursuit : « Ce n'est pas humain d'avoir fait ça à son enfant. Et surtout, j'ai participé aux recherches, aux battues. Elle s'est bien foutue de notre gueule la Bourgeon ! Je veux la voir s'expliquer ! »

Si Berkane Makhlouf est accusé d'avoir porté les coups qui ont tué Fiona, celle à qui l'on en veut le plus, c'est Cécile Bourgeon. D'abord parce que son rôle est trouble dans cette affaire. Mais surtout parce que dans l'esprit du public, il est inconcevable de laisser son compagnon frapper son enfant. Tout comme il l'est de décider d'aller l'enterrer sans le dire à personne. Sans le signaler. De peur que la police ne débarque et découvre, par exemple, les plants de cannabis en train de pousser sous des lampes à UV dans un placard à balais !

Quand les lourdes portes de la cour s'ouvrent, le public se précipite donc dans le prétoire. Il faut voir les badauds courir pour s'approcher du box vitré où sont escortés les accusés. Pour les voir de près avant que le président de la cour n'intime l'ordre à chacun de s'asseoir. Comme au zoo. « Franchement, je m'étais dit que, trois ans après les faits, la pression serait retombée. Que ce serait calme, analyse Renaud Portejoie. Mais dès le premier jour, j'ai compris que je m'étais trompé. La vindicte populaire. La curiosité malsaine… On n'avait pas imaginé tout ça. » Mais il y a aussi une autre raison qui a poussé le public à venir. Et si l'audience permettait enfin de faire émerger la vérité ? Et si Cécile Bourgeon révélait enfin l'endroit où elle a enseveli le corps de Fiona ?

*

Le jour de l'ouverture du procès, la mère de famille ne dit rien. Ou plutôt, elle ne baragouine que quelques mots. « Serveuse », répond-elle quand le président lui demande la profession qu'elle exerçait avant toute cette affaire. Quant aux violences qu'elle est accusée d'avoir fait subir à Fiona ? « Je l'ai jamais frappée », lâche-t-elle d'une voix blanche. « Pareil pour moi ! », enchaîne aussitôt Berkane Makhlouf dans le box. Assis à quelques mètres de là, Nicolas Chafoulais, le père de Fiona, se désespère. « Je veux savoir où elle est enterrée », lâche-t-il à la barre sans vraiment y croire. Et pour cause, dans le coin gauche du box, Berkane Makhlouf affiche un teint verdâtre dû au traitement médicamenteux qu'on lui administre en prison. Cécile Bourgeon, elle, n'est plus la même. Elle a littéralement doublé de volume depuis sa dernière apparition à la télévision, trois ans plus tôt. « Je pesais 53 kg. J'en fais 106 aujourd'hui », dit-elle. Cheveux blond platine, elle semble perdue.

Renaud Portejoie fait ce qu'il peut. « Cette affaire a toujours été accompagnée d'un fantasme, assure-t-il sept ans plus tard. L'opinion publique a toujours pensé que Cécile Bourgeon savait très bien où était le corps de Fiona. Et par ricochet, que moi aussi je le savais. Mais c'est faux ! Je continue de penser aujourd'hui que cela aurait été mieux que l'on retrouve le corps. Même pour notre stratégie de défense… » Mais les débats n'avancent pas. Les ex-amants maléfiques semblent avoir conclu un pacte de non-agression, dans le but de se sauver mutuellement. Pour ceux qui ne l'auraient pas compris, le président de l'audience Dominique Brault relit les conclusions de la confrontation qui avait été ordonnée lors de l'enquête. « Après s'être mutuellement accusés de mensonge, les deux accusés sont tombés dans les bras l'un de l'autre et se sont réaffirmé leur amour… », dit-il. Le public est médusé. Mais toujours plein d'espoir.

Les jours se suivent et la petite ruelle Saint-Louis ne désemplit pas. Habituellement, les médias nationaux ne restent que le premier jour lors des procès de ce type. Pas cette fois-ci.

Le Parisien, *Libération*, Radio France, France Télévisions, tout le monde est resté. Dans l'attente de l'hypothétique moment où l'audience pourrait basculer. Tout le monde tente sa chance. Un jour, c'est l'avocat général qui essaye de coincer Cécile Bourgeon. Sans succès. Le lendemain, c'est Rodolphe Costantino, avocat d'une association de défense des enfants. Finement, il amène l'accusée à se dévoiler un peu plus. Le public retient son souffle. Mais elle ne dit rien de plus. Lorsqu'il voit qu'elle est en difficulté, Renaud Portejoie monopolise la parole le temps que sa cliente « redescende ». Car si Berkane Makhlouf est amorphe dans son coin, Cécile Bourgeon semble un volcan prêt à exploser. Surtout lorsque Marie Grimaud l'interroge. Avocate de l'association « Innocence en danger », elle s'est lancée dans un véritable duel avec la mère de Fiona. Énergique, juchée sur des talons hauts, elle électrise l'audience et suscite la jalousie de Cécile Bourgeon. « Tu te crois en boîte de nuit, là, avec des talons ? », lui lance-t-elle un jour au beau milieu des débats. Non, l'avocate est bien consciente d'être dans une cour d'assises. Et surtout qu'elle est peut-être la seule à pouvoir obtenir la vérité. Alors elle pilonne l'accusée de questions. « Vous pensez avoir d'autres enfants ? », l'interroge-t-elle un jour. « Oui, mon rêve c'est d'avoir d'autres enfants, répond Cécile Bourgeon. Je perds mon temps en prison, là… »

La petite phrase jette un froid de plus dans le prétoire. Renaud Portejoie enfonce sa tête dans les mains. Il sait que l'effet peut être dévastateur sur les jurés, quatre hommes et deux femmes, qui composent la cour d'assises. « Je pense qu'elle dit cela sincèrement, rembobine-t-il. Elle ne comprend pas qu'on ne peut pas dire ça alors qu'on est jugé pour la mort de sa fille. Elle est comme ça. Elle n'est pas fine… »

L'audience est électrique. Mais il n'y a pas le début d'une brèche, pas la moindre égratignure sur la carapace entourant les deux accusés. Aucun indice sur ce qu'il s'est passé. Fiona est-elle tombée en trottinette ? Est-elle morte après avoir avalé de la drogue par erreur ? A-t-elle été frappée ? Et surtout où a-t-elle été enterrée ? Le président va jusqu'à faire venir une médium à la barre, persuadée de détenir la vérité. Celle-ci fait un malaise et s'effondre bruyamment sur le parquet. Pour la vérité, il faudra repasser. Au bout de quinze jours, la cour donne le sentiment de ne pas avoir avancé lorsque sonne l'heure des plaidoiries de la défense.

*

Quand Renaud Portejoie descend de l'estrade, il repense aux réquisitions de l'avocat général prononcées quelques heures plus tôt. Celui-ci n'a pas fait de quartier. Il a réclamé la même peine à l'encontre des deux prévenus : trente ans de réclusion criminelle assortis d'une période de sûreté des deux tiers. Et en prime pour Cécile Bourgeon, le retrait total de l'autorité parentale. Mais Renaud Portejoie ne s'occupe pas trop de ça. Il sait qu'il va d'abord devoir affronter le bruit de la rue avant de démonter les arguments du ministère public. Quelques jours plus tôt, il a compris comment il allait attaquer son propos. « Je n'allais jamais sur Facebook. Mais là, en m'y rendant, j'ai découvert des dizaines de demandes d'amis. Machinalement, je les ai validées. J'ai réalisé le lendemain que les gens se servaient de ça simplement pour m'envoyer des messages d'insultes et des menaces. Je me suis dit qu'il fallait que je commence par parler de ça… »

Bien campé sur ses deux jambes au centre du prétoire, l'avocat harangue le jury. Droit dans les yeux, il lit les messages reçus promettant une balle pour sa cliente et une autre pour lui. Évidemment, il cite Vincent de Moro-Giafferi, avocat du début du xxe siècle, qui avait un jour qualifié l'opinion publique « d'intruse, de prostituée qui tire le juge par la manche ». Comme lui, il demande aux jurés de « la chasser ». Brillant, il tente de recentrer le débat sur l'essentiel : l'absence de corps, l'absence d'aveux, l'absence de vérité claire. Il est rincé quand le jury se retire pour délibérer. « À ce moment-là, comme souvent, on est dans le flou total… » Il traverse le boulevard, s'installe au café du coin et attend. Quand la sonnerie de la cour d'assises retentit plusieurs heures plus tard, il découvre que sa cliente est acquittée des faits criminels. « Simplement » condamnée à cinq ans de prison pour des délits connexes que sont la modification d'une scène de crime et la non-dénonciation de mauvais traitements. Il réalise immédiatement. Sa cliente, elle, a besoin de sous-titres… Elle ne se rend pas compte de ce à quoi elle vient d'échapper… « Cinq ans ? C'est bien ou pas ? l'interroge-t-elle alors que le public est abasourdi. On fait appel ou pas ? » Bien sûr que non ! Renaud Portejoie a alors hâte de rentrer chez lui. Pour lire les messages de félicitations des confrères qui s'empilent dans sa messagerie. Et calculer l'éventuelle date de sortie de sa cliente qui a déjà purgé une bonne partie de la peine à laquelle elle vient d'être condamnée.

Dans la nuit noire de Riom, il rejoint sa voiture sans se rendre compte que la foule gronde aux abords du palais de justice. Le public est chauffé à blanc lorsque l'escorte pénitentiaire emmène l'accusée en détention. Il ne manque que les piques et les torches. Alors qu'il s'approche du parking, Renaud Portejoie entend, lui aussi, des voix dans son dos : « Salopard ! Tu as des gamins ? On va s'occuper d'eux… » Il s'engouffre dans sa voiture et démarre sur-le-champ. Inconsciemment, il sait qu'il est très loin d'en avoir fini avec cette affaire. Le parquet lui donne raison dans les jours qui suivent en faisant appel de ce verdict que la France n'a pas compris. L'avocat se doutait bien qu'il y aurait un second procès. Il ne s'imaginait pas, alors, qu'il y en aurait un troisième et même un quatrième…

*

Octobre 2017. Un an plus tard, le centre de l'affaire est descendu de cent cinquante kilomètres plus au sud. Le Puy-en-Velay : sa Vierge noire, et sa cour d'assises pour le procès en appel. Cette fois-ci, la justice a anticipé et prévu des barrières pour réguler l'afflux du public. Mais il y a moins de monde. L'opinion publique semble s'être calmée. Nouvelle couleur de cheveux et pull à sequins, Cécile Bourgeon agace toujours autant. Mais c'est surtout dans le prétoire que les esprits s'échauffent. Déjà très incisive en première instance, l'avocate Marie Grimaud repart à l'assaut de l'accusée pour tenter d'avoir la vérité. Elle choisit d'attaquer la montagne par une autre face. En mettant en cause les avocats de la défense. Ceux-ci s'insurgent, poussent des cris d'orfraie et réclament le renvoi du procès. Accordé ! Au bout d'une semaine, chacun rentre chez soi. La vérité, elle, peut bien attendre quatre mois de plus.

En février, les feuilles des arbres sont tombées dans les parcs du Puy-en-Velay. La neige tourbillonne dans les airs lorsque la cour d'assises rouvre les débats. *Same player shoot again*. Dans le box, Berkane Makhlouf semble toujours aussi perdu. Cécile Bourgeon, elle, a toujours la même attitude. Cassante, agaçante. L'avocat général tente de la secouer. « Même votre cul, je m'en fous », lui balance-t-elle sans ciller. Les journalistes ont refait le trajet jusqu'en Haute-Loire et s'interrogent sur les faibles chances de voir la vérité émerger. Ils recyclent les articles écrits lors des audiences précédentes. Car chacun campe sur ses positions. Cécile Bourgeon assure que Berkane Makhlouf a frappé Fiona. Lui dément. Et aucun des deux ne se souvient de l'endroit où ils ont prétendument enterré la fillette de cinq ans, « nue et sans même un doudou », d'après la formule désormais éculée.

L'affaire traîne en longueur lorsque le président de la cour d'assises décide d'animer les débats à sa manière. Un soir, il propose à quelques avocats des parties civiles de prendre l'apéritif au bistrot qui jouxte le palais de justice. Passant par là, les avocats de la défense s'en aperçoivent. Dès le lendemain matin, ils tentent de dynamiter le procès en criant au manque d'impartialité. Mais la justice tient bon et le procès parvient à son terme. Le verdict tombe comme un couperet : vingt ans de réclusion criminelle pour chacun des deux accusés. Le jury n'a pas fait de distinction entre celui qui a levé la main sur Fiona, Berkane Makhlouf, et celle qui l'a laissé faire, Cécile Bourgeon. Le père de la fillette, qui attend cela depuis cinq ans, témoigne de son soulagement. Renaud Portejoie, lui, peste. Aujourd'hui encore, il retourne cet épisode dans sa tête. « Je me demande toujours si on a pris les bonnes décisions à l'époque, résume-t-il. Fallait-il obtenir le renvoi du premier procès du Puy ? Ne fallait-il pas l'exiger lors du second procès ? » L'avocat sait mieux que personne qu'avec des « si », on pourrait refaire toute cette histoire.

*

Sa cliente en détention pour un long moment, Renaud Portejoie ne rend pas les armes pour autant. Il saisit la Cour de cassation, plus haute juridiction de France, persuadé que cette histoire d'apéritif entre certaines parties du procès est de nature à avoir pollué les débats. Le choix est cornélien pour lui. D'un côté, il a très envie de passer à autre chose, de tirer un trait sur toute cette affaire qui l'a déjà emmené devant trois cours d'assises différentes. De l'autre, il faut défendre. Défendre coûte que coûte. Défendre une femme toujours honnie par l'opinion publique. Un an après le verdict du Puy, la Cour de cassation lui donne raison. Elle ordonne un nouveau procès. Un quatrième ! Surtout, elle permet la libération de Cécile Bourgeon. Le soir même, la mère de Fiona est dehors. L'opinion publique se rappelle immédiatement à quel point elle la déteste. « Cela a été chaud pendant quelques jours. Mais on l'a protégée. Et ensuite les choses se sont calmées… », résume l'avocat.

Cécile Bourgeon ne fait pourtant rien pour se rabibocher avec la France. Lors des multiples audiences, elle a martelé à la barre qu'elle attendait sa sortie de prison pour « prendre la voiture » et « chercher partout le corps de sa pépette ». Elle répétait qu'elle se soumettrait à des séances d'hypnose pour pouvoir enfin donner une sépulture digne à sa fillette de cinq ans. Mais une fois dehors, elle ne fait rien… Enfin si… Elle donne naissance à un enfant issu d'une relation qu'elle a eue avec un ancien détenu. Son quatrième enfant, immédiatement placé en famille d'accueil. C'est d'ailleurs pour cette raison que son ultime procès est repoussé une première fois. L'épidémie de Covid lui offre un ultime sursis avant que la cour d'assises du Rhône, à Lyon, ne se penche à son tour sur cette affaire. Nous sommes alors en décembre 2020. Les débats tournent en rond. La seule chose qui change, ce sont les jurés chargés d'examiner les faits, de peser le pour et le contre. Pour la première fois depuis le début de cette affaire, ils inversent l'ordre des responsabilités… Ils prononcent une peine de dix-huit ans de prison à l'encontre de Berkane Makhlouf, de vingt ans de réclusion à l'encontre de Cécile Bourgeon. Celle-ci retourne derrière les barreaux…

« Avec le recul, je trouve que cette décision est incompréhensible, lâche aujourd'hui Renaud Portejoie. Pour moi, le dossier est toujours aussi vide. On n'a pas le début d'une preuve que Cécile Bourgeon a été violente à l'encontre de Fiona… » Mais est-il possible d'avoir une lecture normale d'une affaire qui a été décortiquée au cours de huit semaines de procès d'assises ? « Il y a un côté précurseur dans cette affaire, pense Renaud Portejoie. On a découvert l'immixtion des réseaux sociaux dans le fonctionnement de la justice. Quand tu lances l'opinion publique, tu ne peux plus l'arrêter. Cécile Bourgeon a été dépassée par son mensonge. Et elle le sera toujours. Quoi qu'il arrive… »

Tout comme lui sera toujours associé à cette affaire. « C'est le dossier de ma carrière, oui, admet-il sans forfaiture. J'ai un peu l'impression d'être un acteur de série. Quand tu es connu pour ce rôle alors que tu aimerais bien faire autre chose… » Devant son café, Renaud Portejoie souffle doucement. Il tourne sa cuiller dans sa tasse avant de se reprendre. « En même temps… C'est un personnage que j'ai toujours bien aimé… »

Chapitre 9

Maître Ludivine Braconnier et le voisin du petit Tony

Dans les couloirs sombres du tribunal judiciaire de Reims (Marne), deux avocats commis d'office cherchent leurs clients. Le premier ne le trouvera jamais… Ousmal est morte trois jours plus tôt. Rien à voir avec l'affaire. Elle s'est éteinte après avoir lutté contre une tumeur à un âge où on ne devrait penser qu'à s'amuser. L'avocat repart immédiatement en laissant sa consœur, Ludivine Braconnier, gérer l'autre client. Il s'appelle Jonathan Lautour. C'était le compagnon d'Ousmal. Ébranlé et en deuil, il ne comprend pas ce qu'il fait là, en cet instant. Le comprendra-t-il seulement jamais ?

Quelques semaines plus tôt, la justice a envoyé une convocation pour qu'il se présente devant un juge d'instruction. Le document ne lui est jamais parvenu. Implacable, la machine judiciaire a poursuivi sa marche en avant. Elle a fait délivrer un mandat d'amener. Les policiers sont donc arrivés chez Jonathan, lui ont passé les menottes et l'ont amené là, sans plus d'explications. Et en attendant d'être conduit dans le bureau du magistrat, il patiente dans les geôles du palais de justice. « Quand je l'ai vu, il était complètement sonné, se souvient Ludivine Braconnier. Mais rapidement, j'ai su pour quel dossier il était là… » En haut à gauche du papier frappé du sceau de la justice, une rapide mention suffit à comprendre : non-dénonciation de mauvais traitements. « J'ai tout de suite pensé à l'affaire du "petit Tony" », souffle l'avocate.

Les médias adorent trouver des noms pour parler des affaires criminelles. C'est plus vendeur… Tony Létoile était un enfant de trois ans et demi. 98 centimètres. Moins de 17 kg. Mais comme si cela n'allait pas de soi, il restera donc « le petit » Tony dans les journaux. Comme s'il fallait insister sur l'aspect chétif du garçonnet pour mieux dénoncer le calvaire qu'il a subi en novembre 2016. Car Tony est mort. Il a succombé à une rupture de la rate après un déluge de coups portés par Loïc Vantal, le compagnon de sa mère. Cela a duré plusieurs semaines. Quand les policiers ont passé l'appartement au révélateur *Blue Star* en arrivant sur place, c'est bien simple, ils ont trouvé des traces de sang dans toutes les pièces : le long du lit en bois, sur le flanc de l'armoire, sur le dossier du canapé, au sol devant le fauteuil, sur un seau, à côté du petit lavabo, sur le buffet situé à gauche de la pièce à vivre, dans l'évier. En pratiquant l'autopsie, les médecins légistes ont relevé plus de soixante traces sur le corps, dont plus d'un tiers rien que sur le visage. « C'est le rapport d'autopsie le plus dégueulasse que j'ai jamais lu », confie l'un des avocats de la procédure qui en a pourtant vu d'autres.

Loïc Vantal a mis du temps à reconnaître les faits. Mais il a finalement avoué qu'il battait le garçon à chacune de ses contrariétés. Lorsque ce dernier faisait pipi au lit. Lorsqu'il lui répondait « mal ». Lorsqu'il pleurait. Ensuite, le jeune homme de 23 ans retournait jouer à la PlayStation, presque comme si de rien n'était. Plus tard, en 2021, lors de son procès aux assises, il sera décrit par les experts psychiatres comme un « monstre effrayant », un « psychopathe », un homme « immature ». Mais à ce moment-là de l'histoire, ce n'est pas la préoccupation de Ludivine Braconnier. Nous ne sommes alors qu'en février 2018 et elle se demande bien ce qu'on reproche à Jonathan Lautour dans ce dossier. Son client n'a jamais levé la main sur Tony. Pire, il ne l'a même jamais vu. Mais il vivait dans le même immeuble. Dans l'appartement juste en dessous en fait. Et l'avocate qui débute, alors, sa carrière se doute que c'est pour cette raison qu'elle doit l'assister lors de cet interrogatoire de première comparution où il risque d'être mis en examen.

*

Dans le couloir du tribunal, en attendant l'audition, Ludivine Braconnier rassemble ses souvenirs. Régionale de l'étape, elle se rappelle très bien l'émoi suscité par la mort de Tony, en novembre 2016. De la marche blanche qui avait rassemblé cinq cents personnes environ derrière une banderole flanquée du slogan : « Le silence tue ! » Elle se remémore le film : l'annonce de la mort du garçonnet, les premiers articles dans les journaux locaux, l'arrivée immédiate des médias nationaux et les interviews des voisins. Parmi eux, Jonathan Lautour. Au micro de TF1, pour l'émission « Sept à Huit », il s'était épanché. Avait raconté la musique trop forte de jour comme de nuit et les bruits qui provenaient de l'appartement du dessus. Les coups sourds. Les insultes aussi : « Ta gueule, je te la mets dans la pisse ! » Ludivine Braconnier se souvient aussi très bien de la conférence de presse donnée par Matthieu Bourrette, le procureur de Reims. « Si les voisins avaient agi, cet enfant aurait passé la Noël 2016 ! », avait-il asséné, péremptoire.

Nous en étions donc là. Poussé par certaines associations de défense des enfants, le procureur avait décidé de poursuivre les voisins en justice pour « non-dénonciation de mauvais traitements ». Mais d'après son analyse, seuls Jonathan et Ousmal, les voisins du dessous, avaient vraiment des choses à se reprocher du point de vue pénal. Ousmal était morte d'un cancer de la gorge. Il ne restait donc que Jonathan Lautour à faire face, ce jour-là, à la juge d'instruction. « Dès le début, il donne beaucoup d'arguments, se souvient son avocate. Il explique qu'il était allé voir le bailleur social qui gérait cet immeuble de la place des Argonautes. Que sa compagne avait scotché dans l'ascenseur une affichette sur les violences familiales, aussi… » Mais la juge retient surtout les propos qu'il a tenus à la télévision et estime qu'il aurait pu faire plus pour empêcher le drame de se nouer. Il est mis en examen. « Pourtant, je reste confiante, poursuit Ludivine Braconnier. La juge me laisse entendre qu'elle veut faire des vérifications, mais qu'elle n'ira pas forcément plus loin… » L'avocate et son client sortent de son bureau complètement secoués. Mais Ludivine Braconnier trouve les mots pour rassurer Jonathan. Sauf que le temps passe… Le temps incompressible de la justice… La juge tombe enceinte. Elle est remplacée par quelqu'un qui n'a pas la même lecture de l'affaire.

*

Le nouveau magistrat commence par prendre une décision : disjoindre le dossier de Jonathan Lautour de celui du bourreau du petit Tony. Pour ce dernier, ce sera les assises. Pour Jonathan Lautour, un possible passage devant le tribunal correctionnel. Quand elle apprend la nouvelle, Ludivine Braconnier est partagée. « D'un côté, je me dis que c'est bien parce qu'il n'aurait pas supporté un procès aux assises pendant une semaine. Mais de l'autre, je me dis qu'il aurait forcément été innocenté. Là, à la barre, il va être seul au centre du viseur… » Avec cette réflexion viennent les premiers doutes pour l'avocate. Ludivine Braconnier se demande si elle est capable de s'occuper de ce dossier. Défendre Jonathan Lautour, c'est se plonger dans le calvaire subi par le petit garçon de trois ans. « Je fais une sorte de transfert. Je travaille le dossier chez moi. Je suis dans mon fauteuil. Ma fille qui vient de naître dort dans le berceau à côté… » La jeune avocate fait part de ses sentiments à son conjoint. Sa réponse fuse : « Tu dois le défendre ! »

La voilà donc qui se plonge dans le dossier de cet homme. Elle apprend à le connaître, découvre son histoire. Jonathan

Lautour a eu un accident de scooter lorsqu'il avait 17 ans. Trois semaines en réanimation. Il en est ressorti avec une hémiplégie du côté gauche. Et un handicap mental, la zone de la mémoire ayant été touchée. « On ne se rend pas compte lorsqu'on le voit, reconnaît sa conseil. Mais quand j'apprends ça, je me dis que c'est quand même la queue du peloton qu'on essaye d'accuser. » D'un naturel optimiste, l'avocate pense toujours que la justice va se montrer clémente. Qu'après une période d'observation, de vérification, elle va refermer le dossier. Sauf que Jonathan Lautour est le symbole d'un véritable débat de société : faut-il laisser tranquille les témoins de violences qui n'ont pas ou peu agi ? Ou au contraire, les poursuivre en justice ? Aller au bout de ce dossier, c'est aussi prendre le risque que plus aucun témoin ne parle, à l'avenir, de peur des représailles judiciaires.

Mais la justice prend ce risque. Et le magistrat instructeur rend une ordonnance de renvoi devant le tribunal. Jonathan Lautour sera donc jugé. « Je suis étonnée d'abord, rembobine l'avocate. Je me dis que je n'ai pas pris la mesure du truc. Et juste ensuite, c'est le déferlement médiatique. Tous les journaux m'appellent. Je dois apprendre à me défendre et à le défendre en dehors d'une salle d'audience. Je ne sais pas faire ça. Je suis perdue. C'est très, très chaud… »

D'autant que son client ne l'aide pas. Toujours aussi perdu, Jonathan Lautour ne réalise pas l'importance du procès qui l'attend. Un exemple ? Juste avant l'ouverture des débats au tribunal, des journalistes de « Sept à Huit » l'appellent pour faire une interview. Ce sont les mêmes qui l'ont mené dans cette situation, dans cette impasse.

Et pourtant, il hésite à accepter la proposition et finit par demander conseil à son avocate… « C'est là que je me dis qu'il n'a rien compris…, souffle Ludivine Braconnier. Qu'il est extrêmement seul et qu'il tente de combler un vide depuis le décès de sa femme… »

*

En ce mois d'octobre 2019, les journalistes sont venus de Paris pour suivre l'audience. La journée est douce et le soleil éclaire les colonnes imposantes de style néogrec qui marquent l'entrée du palais de justice. Mais l'intérieur de l'édifice est sombre quand Jonathan Lautour pénètre dans les lieux. Le procès du beau-père de Tony n'est pas encore planifié, mais lui, Jonathan, est déjà là pour répondre, donc, de « non-dénonciation de mauvais traitements ». Peine encourue ? Cinq ans de prison… Autant que la mère du bambin qui a assisté, en direct, à la tragédie.

En quelques lignes, le président de l'audience rappelle les faits qui valent à Jonathan Lautour d'être là. Il semble ennuyé par cette affaire. Comme s'il voulait s'en débarrasser au plus vite. On fait venir le prévenu à la barre. Celui-ci traverse le prétoire comme une ombre. Derrière lui, Ludivine Braconnier tente de le soutenir comme elle peut. « Je me souviens que c'était horrible. Je venais d'avoir mon bébé. C'était le bonheur dans ma vie. Mais cette affaire était tellement glauque… » Surtout, l'avocate connaît bien la faiblesse de son dossier. Tony est mort d'une rupture de la rate après que son beau-père l'a projeté contre une armoire.

Le bambin a agonisé pendant une semaine. Comment le voisin d'en dessous n'a-t-il rien entendu ?

Triturant la barre qui le soutient, le trentenaire se défend comme il peut. « Je ne pouvais pas m'imaginer que de tels faits de violence étaient possibles. C'est inconcevable. Pour moi, enfin... Je n'imaginais pas que c'était possible. » Problème, il a dit l'inverse aux journalistes qui étaient venus l'interroger peu après les faits. Alors, quelle version croire ? Dans ce combat, Jonathan Lautour n'est pas trop dérangé par le président de l'audience. Son adversaire, c'est Matthieu Bourrette, le procureur de Reims, qui est descendu de son bureau pour requérir à l'audience. Pour s'occuper de lui personnellement. À l'époque des faits, il s'était déjà fait une opinion : « Si les voisins avaient agi, cet enfant aurait passé la Noël 2016 », rappelle-t-il encore et toujours de façon sentencieuse. Et il insiste pour déstabiliser le prévenu. « Vous dites que vous étiez en stage en région parisienne les semaines précédant la mort de Tony et donc, que vous n'avez rien entendu. Mais les dates de votre stage ne collent pas... » Il évoque aussi le cancer d'Ousmal qui la contraignait à rester alitée, chez elle. « N'aviez-vous pas peur de la laisser seule avec cet homme violent au-dessus ? »

À la barre, Jonathan Lautour rabâche la même histoire. Et finit par s'effondrer sur un gros fauteuil vert lorsqu'on lui en donne l'autorisation. Mains sous les cuisses, jambes repliées, tête basse... Il tente de se faire aussi petit que possible alors que les débats se poursuivent. Ainsi pense-t-il peut-être que la justice va l'oublier. Mais non, le procureur ne vacille pas. Il requiert pendant une heure. Et à la fin de son propos, il demande que Jonathan Lautour soit déclaré coupable, tout en précisant qu'il doit être dispensé de peine. Ludivine Braconnier se lance dans la bataille et plaide à son tour. Pas sur l'émotion. Mais sur l'absence de preuves. Le tribunal se retire pour délibérer. Cela ne dure pas longtemps. Un quart d'heure peut-être. Et puis, le président revient. D'une voix quasi inaudible, il balbutie quatre phrases. Jonathan Lautour semble ne pas comprendre. Mais il est relaxé ! Déclaré innocent. « Il a très mal vécu cette audience. Il n'a pas compris ce qu'il faisait là. Mais il ressort innocenté. Je me dis que c'est logique... » Jeune avocate, Ludivine Braconnier n'est pas, pour autant, née de la dernière pluie. Elle reste sur ses gardes en pensant que le procureur peut faire appel de la décision et provoquer, ainsi, un nouveau procès. Elle a raison. Dès le lendemain, Matthieu Bourrette confirme qu'il n'en a pas fini avec Jonathan Lautour...

*

Ludivine Braconnier le vit mal. Elle sait qu'elle va devoir épauler son client pendant encore de long mois avant le procès en appel. Elle a le sentiment qu'on appuie à nouveau sur la tête de ce dernier alors qu'il venait tout juste de remonter à la surface. Lui ne comprend pas ce qu'il se passe. L'avocate, en mots choisis, en mots simples, lui explique la procédure. Encore et encore. Mais Jonathan Lautour ne s'intéresse qu'au résultat. Il veut savoir comment tout cela va se terminer. « Je ne suis pas Madame Irma ! », a pris l'habitude de lui répéter son avocate. En attendant le procès,

Jonathan Lautour passe souvent la voir à son cabinet sur les bords de la Vesle. Il n'habite pas loin. Alors il s'arrête chez elle lorsqu'il promène ses lapins. Il n'a pas grand-chose à faire. Il ne travaille pas. À chaque fois, l'avocate l'accueille, lui fait un café, ouvre les placards dans lesquels traînent toujours des boîtes de chocolats. Il suffit de regarder Jonathan Lautour pour comprendre qu'il ne mange pas à sa faim. Sa vie est compliquée. Handicapé, sous le coup d'une procédure judiciaire, il est aussi menacé d'expulsion de son appartement, dont la porte a été taguée d'un « Assassin d'enfant » du meilleur goût… « Clairement, je vais au-delà de ma mission d'avocat avec lui, confie l'avocate. La frontière est floue. Je n'ai fait ça pour aucun autre client. Mais on ne peut pas rester insensible face à cet homme. »

La justice poursuit, elle, son office. Comme si de rien n'était. Avec ses errements de procédure aussi. En septembre 2020, alors qu'il s'était préparé à comparaître, Jonathan Lautour apprend que son procès est reporté. Renvoyé à la fin d'année. Il y a eu un problème dans la délivrance des convocations… Il doit encore attendre quelques mois. Quand l'audience s'ouvre enfin, le public découvre que le temps est passé sur ce prévenu. Barbe hirsute, traits tirés, il porte, ce jour-là, une veste bien trop grande pour son corps chétif et des chaussures trouées. Ludivine Braconnier ne peut se contenir. « Je me dis que c'est vraiment dégueulasse. Qu'on a voulu faire un exemple, mais qu'on n'a pas choisi le bon… » Pour autant, les débats sont plus sereins qu'en première instance. On s'attarde un peu plus sur sa personnalité. Sur le fait que lui aussi, enfant, faisait pipi au lit. Que lui aussi avait été violenté… Les faits eux sont toujours les mêmes. Et l'attitude du parquet aussi. Mais à nouveau Jonathan Lautour est relaxé. Ludivine Braconnier exulte. Ces derniers temps, elle s'est mise à douter de la justice à cause de cette affaire-là. Elle s'est mise à douter de son rôle aussi. De sa fonction. « Là, je me dis que la justice existe toujours… »

Et avec elle, toutes les possibilités procédurales. Début 2021, alors qu'elle est au volant et qu'elle pense en avoir fini avec ce dossier, son téléphone portable sonne. C'est une journaliste. Celle-ci lui conseille de se garer avant de lui annoncer la nouvelle : le parquet général a formé un pourvoi en cassation ! Le représentant du ministère public ne veut vraiment pas lâcher l'affaire. « Pardon pour l'expression, mais là, je tombe sur le cul ! Je me dis que c'est de l'acharnement ! » Surtout, elle se demande immédiatement comment elle va pouvoir porter son client jusqu'à un examen de l'affaire par la Cour de cassation et, éventuellement, un nouveau procès… « Ça fait peur… Je n'exclus pas qu'il se supprime… »

En février 2021, Loïc Vantal, le beau-père, est jugé et condamné à vingt ans de réclusion criminelle. Mais Jonathan Lautour, lui, n'en a pas terminé. En juin de la même année, la Cour de cassation annule la relaxe dont il a bénéficié et ordonne un nouveau procès, le troisième… Pour un vice de forme. Selon elle, il ne faut pas distinguer les violences physiques que Jonathan Lautour n'a pas vues et les violences psychologiques qu'il ne peut pas ne pas avoir entendues… Le voici à nouveau convoqué à la barre d'un tribunal. Dans les colonnes du *Journal du dimanche*, l'un des magistrats du parquet général de Reims explique la démarche. Sans ambages : « Nous souhaitons une condamnation pour l'exemple, indique-t-il. La société doit le savoir. Quand on entend un enfant crier, hurler, il faut dénoncer… »

Ludivine Braconnier en a marre. Clairement. Ce dossier la poursuit. On dirait le sparadrap collé sur le doigt du capitaine Haddock. Et en même temps, elle ne se voit pas abandonner la cause qu'elle défend. Celle qui lui fait croire en ce qu'elle fait. En son travail. Portant son client à bout de bras, elle ne compte pas ses heures. Prépare une question prioritaire de constitutionnalité. Revoie la jurisprudence. Analyse, recoupe. Mais, lasse, elle est impuissante en octobre 2023 quand la cour d'appel de Reims, à nouveau saisie du dossier, finit par déclarer son client coupable de faits de « non-dénonciation de mauvais traitements ». Certes, il est dispensé de peine. Mais c'est une défaite pour elle. Et pour lui.

Le lendemain, dans son cabinet, l'avocate a la tête des mauvais jours. Elle ne comprend pas et rumine. « Il suffit de voir la différence entre les commentaires en 2016 et les commentaires aujourd'hui. Tout le monde a vu que Jonathan Lautour était un homme à qui on ne pouvait pas reprocher grand-chose. Tout le monde sauf la justice… » Et puis, elle s'interroge aussi sur la société dans laquelle on vit. Celle que l'on veut pour nos enfants. « Je continue de penser que condamner Jonathan Lautour aura une lourde conséquence. Dans les affaires de violences familiales, plus personne ne parlera à l'avenir. Les gens diront : “Je n'ai rien vu, je n'ai rien entendu, je ne parle pas.” Ce sont les trois singes… »

Il lui faut encore une journée pour digérer la condamnation. Elle sait qu'il lui reste une option. Elle n'est pas simple. Elle peut, à son tour, former un pourvoi en cassation pour obtenir une chance d'inverser la tendance, d'innocenter son client. Le dilemme est cornélien : vaut-il mieux le laisser tranquille mais avec une condamnation qui ne s'effacera jamais ? Ou, à l'inverse, poursuivre une procédure qui l'épuise avec, au bout, un quatrième passage à la barre. Avec une toute petite chance de le voir, un jour, déclaré innocent. L'avocate décide de continuer le combat. « C'est pour ça que je fais ce métier ! C'est le dossier le plus marquant de ma carrière. Je ne peux pas le laisser comme ça. » Et, prenant une grande respiration, elle assène : « C'est aussi l'idée que je me fais de la société. »

Chapitre 10

Les Balkany et le « petit collaborateur » Romain Dieudonné

C'est la photographie qui a illustré la plupart des articles consacrés au procès des époux Balkany. Elle a été prise en mai 2019. Mais lorsqu'on la regarde, elle semble dater d'un autre siècle. La première chose qui saute aux yeux, c'est Patrick Balkany. Fringant. Démarche conquérante et sourire enjôleur. Comme s'il partait à l'assaut des marchés altoséquanais pour une campagne électorale. Sauf que ce ne sont pas des étals de fruits et légumes autour de lui, mais bien les couloirs du tribunal judiciaire de Paris. À ses côtés, Éric Dupond-Moretti est encore avocat. La mine renfrognée, il est flanqué de son associé d'alors, Antoine Vey, qui, lui, paraît s'amuser de la situation. À droite, il y a aussi Pierre-Olivier Sur. L'ancien bâtonnier de Paris. Inquiet. Comme s'il était le seul à avoir déjà compris que l'affaire était mal engagée.

Sur ce cliché, il faut quasiment se pencher pour distinguer, presque deviner, le dernier acteur. Raie sur le côté, lunettes en écaille sur un visage poupon : Romain Dieudonné suit la petite troupe d'un pas mécanique. Un lapin pris dans les phares d'une voiture. Ou plutôt des caméras qui se dressent sur le chemin de la 32e chambre du palais de justice. Celle des affaires financières. Le jeune homme est la dernière roue d'un attelage cahoteux. C'est pourtant lui qui connaît le mieux cette affaire de fraude fiscale et de blanchiment. Lui qui assiste le maire de Levallois-Perret (Hauts-de-Seine) depuis le plus longtemps. Et surtout, lui qui restera à ses côtés ensuite. Le seul… « C'est simple, résume son confrère Pierre-Olivier Sur. Romain Dieudonné est entré dans ce dossier comme un petit collaborateur. Et il en est ressorti comme un grand avocat ! »

Attablé dans un café quatre ans plus tard, l'intéressé sourit à cette évocation. Tournant son « Perrier rondelle » à l'infini, il remonte le fil des événements. « En fait, j'ai prêté serment d'avocat en 2014. J'avais 26 ans. J'étais stagiaire au cabinet de Grégoire Lafarge qui défendait Patrick Balkany depuis des années. L'instruction du dossier venait de débuter. Je me suis retrouvé là-dedans. » Mais le hasard a rarement sa place en matière de justice. Pour se « retrouver là-dedans » comme il dit, le jeune avocat s'est surtout rendu indispensable. En se fadant, jour et nuit, des pages et des pages de procédures, de montages offshore, de commissions rogatoires internationales. À s'en brûler les yeux. « Ça doit être mon côté "geek" mais le politico-financier m'intéresse, explique-t-il. À l'époque, c'était une grosse, très grosse, très, très grosse partie de mon travail, oui… »

Suffisante pour lui octroyer un strapontin lors des réunions avec le client. Une cinquantaine environ en l'espace de quatre ans. Toujours au cabinet de Grégoire Lafarge. Vouvoiement de rigueur. « J'avais ma liste de questions bien préparées. Ma feuille bien droite devant moi. Patrick Balkany arrivait. On passait cinq minutes à parler du dossier. Et il digressait le reste du temps… » Ici, une imitation d'un chanteur de variété. Là, une anecdote sur son dernier dîner. Quand ce n'était pas une invitation à venir fumer un cigare chez lui. De la cave personnelle de l'ancien président vénézuélien Hugo Chávez, s'il vous plaît. Ramené dans la valise diplomatique de « l'ami » Nicolas Sarkozy. « À la fin du rendez-vous, je regardais ma liste de questions. Un peu désespéré… »

*

À l'approche du procès, la composition de l'équipe de défense ne faisait guère de doute. Grégoire Lafarge en première ligne. Plaideur hors pair. Romain Dieudonné en défense. Cotes du dossier sous le bras. Chargé de souffler les répliques au patron. Comme le font les petits collaborateurs en pareilles circonstances. Mais coup de théâtre : à l'été 2018, Grégoire Lafarge est victime d'un accident vasculaire cérébral. Les jours passent et l'inquiétude se mue en certitude : il ne pourra pas tenir sa place. Patrick Balkany s'inquiète légitimement de la défection de son avocat historique. Et il sait qu'il a besoin d'un capitaine pour traverser la tempête qui s'annonce. Du genre à ne pas redouter les grains. « C'est ainsi qu'on a vu Éric Dupond-Moretti débarquer dans le dossier un peu à la dernière minute, se souvient Romain Dieudonné. Je me suis dit que j'allais dégager… Que j'avais bossé cinq ans pour rien… Mais non. Pierre-Olivier Sur m'a proposé de défendre Isabelle Balkany avec lui. » Un geste aussi élégant qu'intéressé, le grand bâtonnier ayant besoin des connaissances du « petit collaborateur » pour défendre la baronne des Hauts-de-Seine.

Voilà donc comment tout ce petit monde s'est retrouvé sur la photo de famille le jour de l'ouverture de l'audience. À l'exception d'Isabelle Balkany, justement. Hospitalisée après une tentative de suicide, dix jours plus tôt. C'est donc depuis son moulin de Giverny (Eure) qu'elle a commencé à suivre son propre procès, à travers les « *live tweet* » des journalistes présents dans la salle d'audience. Là, dans ces mini messages de deux cents caractères environ, elle a découvert la personnalité de Benjamin Blanchet, le président de la 32e chambre. Son flegme. Sa rectitude aussi. Et son goût des chiffres surtout. Le plus important à ses yeux ? 13 006 052 euros. Soit le montant du patrimoine que les époux Balkany sont alors accusés d'avoir dissimulé au fisc, disséminé notamment dans deux villas splendides sur l'île de Saint-Martin dans les Antilles et au Maroc.

L'estimation à l'euro près ne s'est pas faite sans mal. Il a fallu aux magistrats instructeurs lancer vingt-deux commissions rogatoires internationales pour l'établir. « *Follow the money !* », ont coutume de dire les enquêteurs financiers. Panama, Liechtenstein, Singapour, Hong Kong et bien sûr la Suisse… Le chemin tortueux emprunté par l'argent via des « prête-noms » et des « structures *offshore* » n'avait, selon l'accusation, été guidé que par la volonté d'en dissimuler la provenance. Mais le diable se niche dans les détails. Ceux qui peuplent notamment les déclarations du petit personnel des Balkany. Le majordome du riad de Marrakech qui confirme que les peignoirs brodés « P.B. » sont bien ceux de Patrick Balkany, au cas où certains hésitaient encore avec Paul Bismuth ou Patrick Bruel… La caissière de l'Intermarché, qui raconte comment Isabelle Balkany vient, chaque vendredi, changer des billets de 500 euros en petites coupures… Le gérant de la blanchisserie qui s'amuse des « liasses » retrouvées dans les poches du veston sale du maire de Levallois-Perret. Ou celles découvertes, en perquisition, dans la coiffeuse de son épouse. Sans compter les sept abonnements à Canal + souscrits pour satisfaire la passion pour le sport de Patrick qui ne déclare pourtant officiellement que… deux logements.

Étourdi par tant de chiffres, Éric Dupond-Moretti opte rapidement pour une solution radicale. En fin d'après-midi, après quelques heures d'audience, le ténor se présente devant les caméras pour gratter la corde sensible de l'opinion publique. Pour expliquer que, finalement, les Balkany sont trop âgés pour rendre des comptes. Que tout cela appartient à une époque révolue. L'air grave, il attaque : « Madame Balkany est dans un état psychologique très fragile, c'est incontestable. Son mari qui a 71 ans l'a découverte inanimée… » Mais, alors que les caméras enregistrent, le ténor est coupé en pleine démonstration par son propre client, posté dans son dos. « 71 ans bientôt ! Ne me vieillissez pas, Maître… » Interrompre le ténor en pleine plaidoirie ! Il a suffi de voir le visage interdit d'Éric Dupond-Moretti pour se rendre compte qu'il s'agissait-là d'un crime de lèse avocat. Que cela ne se faisait pas. On a beaucoup glosé sur cette séquence, mais elle est loin d'être anecdotique. Elle marque, à ce moment-là, une véritable rupture dans le procès. Une bascule. En un trait d'humour d'à peine sept mots, Patrick Balkany venait de faire comprendre à tout le monde qu'il ne se tairait pas pendant les cinq semaines d'audience qui s'annonçaient. À tout le monde et surtout à son prestigieux conseil.

« On a tout de suite vu que ça allait être compliqué, se remémore Romain Dieudonné. Patrick avait décidé de faire le show. Mais ce n'était pas un rôle. Il est juste comme ça. Il ne peut pas faire autrement. » Éric Dupond-Moretti l'a sans doute compris trop tard. Mais dans l'immédiat, il n'a pu faire autrement que de s'effacer derrière son client. Convaincu que le prétoire était sans doute trop étroit pour abriter son *ego* surdimensionné et celui de Patrick Balkany. Et s'il en doutait encore, le maire de Levallois-Perret porta l'estocade juste après, au moment de prendre l'ascenseur du tribunal. « Il y a assez de place pour nous deux là-dedans ? lui glissa-t-il tout en regardant le panneau affichant la charge maximale. Vous pesez combien, vous ? »

*

Deux jours plus tard, à la reprise du procès, l'affaire était entendue. L'homme politique tiendrait le devant de la scène. Son avocat jouerait les assistants. Alors que le public n'attendait plus que l'arrivée du président Blanchet pour la reprise des débats, le silence fut ainsi perturbé par la sonnerie d'un téléphone portable. Et quelle sonnerie ! La petite musique des *Tontons flingueurs*. Cocasse dans une telle affaire de grisbi. Tranquillement, Patrick Balkany plongea alors sa main dans la poche intérieure de son blazer pour mettre fin à la distraction, sous l'œil médusé des deux procureurs financiers, situés à sa droite. Se sont-ils souvenus que l'homme politique avait commencé sa carrière comme aspirant comédien, ayant même un petit rôle dans le fameux *Soleil noir* qui traitait d'une histoire… d'héritage familial ? Ont-ils pensé qu'il aurait eu toute sa place aux côtés des Lino Ventura, Bernard Blier et Francis Blanche parmi les célèbres *Tontons* ?

Les heures suivantes en apportèrent la preuve. Les deux pognes bien à plat sur la barre de la 32e chambre du tribunal, Patrick Balkany joue sa partition. « Nous avons toujours vécu dans des familles qui avaient les moyens, je dirais même de gros moyens. Et c'est vrai que nous avons mangé notre capital. Nous avons bien vécu », lâche-t-il, en préambule. Voyant là le début d'une repentance, Benjamin Blanchet s'engouffre dans la brèche et lui demande s'il a des regrets. « On a toujours des regrets. Mais très honnêtement, non… Je trouve que j'ai été très gâté par la vie… Les espèces, il fallait bien les utiliser. Aujourd'hui, il n'y en a plus. » Et comme s'il voulait que les choses soient claires, il enchaîne alors : « Ça me fait rire que les gens parlent de magot ! Il n'y a pas plus de magot que de beurre en broche ! C'est vrai. Je n'ai pas un amour fou pour l'administration fiscale. Mais je ne suis pas le seul en France. Moi, je pense que le fisc devrait faire plus souvent confiance aux gens et taper moins fort dessus… »

Assis trois rangs derrière, Romain Dieudonné ne peut que constater les dégâts. Comme l'étrange sentiment de regarder le film au ralenti d'un accident de la route qui ne s'est pas encore produit. La faute à un dossier de « fraude fiscale massive » comme l'a qualifié l'accusation. À un client sans doute trop orgueilleux pour reconnaître ses torts et, ainsi, atténuer sa peine à venir. Et aussi à un manque de stratégie claire, Éric Dupond-Moretti n'ayant organisé ne serait-ce qu'une seule réunion préparatoire avec l'ensemble des avocats avant le début de l'audience. « Ce procès, je le vis mal, oui, se souvient Romain Dieudonné. On assiste à une catastrophe en direct. Très vite, on voit qu'il y a un risque de mandat de dépôt. Que Patrick peut partir directement en détention. Lui le comprend mais Isabelle, pas du tout. »

Mais, le 13 septembre, la sentence tombe. « Compte tenu de l'indéniable enracinement de M. Balkany dans une délinquance fortement rémunératrice [...], il y a lieu d'assortir sa condamnation à quatre ans de prison ferme d'un mandat de dépôt », prononce Benjamin Blanchet. Présente au tribunal pour entendre ce jugement, Isabelle Balkany se lève d'un bond. Elle rejoint son mari à la barre pour le prendre dans ses bras, puis court vers le pupitre des procureurs, comme s'ils pouvaient encore inverser le cours des choses. Mais les policiers sont déjà là. Et discrètement, ils poussent Patrick Balkany vers la sortie. Direction : la prison de la Santé.

*

Les jours suivants ont des allures de gueule de bois pour Romain Dieudonné. Mais pas le temps de se laisser aller. Il faut préparer la suite. D'abord, obtenir un permis de visite à Isabelle pour qu'elle puisse voir son époux au parloir. Car le baron dépérit derrière les barreaux. Malade, il perd du poids. Ne se nourrit que de quelques œufs durs et de boîtes de céréales. Celles-là mêmes que ses petits-enfants affectionnent tant. Il ne sort pas de sa cellule, pour ne pas être pris en photo par les autres détenus, voire les surveillants. En coulisses, les avocats s'activent. Ils déposent des demandes de mise en liberté. Et commencent à préparer le procès en appel qui s'annonce aussi sanglant que le premier.

Les Balkany aussi réfléchissent. Ils choisissent de remercier Éric Dupond-Moretti et sollicitent, discrètement, Romain Dieudonné pour savoir s'il se sent de monter, désormais, en première ligne. « Je donne mon accord sans savoir si ce sera vraiment le cas… On ne peut jamais prévoir », décrypte celui-ci. Mais un jour où il plaide un « petit dossier » au tribunal de Nanterre, il hallucine en rallumant son téléphone portable, une fois l'audience terminée. « Ils venaient d'annoncer ma désignation. J'avais cinquante appels en absence… Des textos de la famille. Des amis. Mais surtout des journalistes. Certains que je ne connais pas. D'autres, prestigieux, que je lis dans les journaux. Je ne sais même pas comment ils ont eu mon numéro ! C'est quand même le seul dossier pour lequel Cyril Hanouna m'a appelé ! Évidemment, j'ai refusé l'interview… »

Pas le genre de la maison… Romain Dieudonné préfère se remettre à l'ouvrage pour voir ce qu'il est possible de sauver en appel. Et surtout, il s'inquiète pour son client. « En détention, il était très malade. Il a vraiment failli mourir derrière les barreaux. On faisait tout pour l'en sortir. » Dans ses neuf mètres carrés, Patrick Balkany aussi balaie le champ des possibles pour améliorer sa condition et survivre. Avec Isabelle, il va jusqu'à imaginer de se prendre en photo torse nu dans sa cellule pour alerter les autorités sur sa maigreur…

Romain Dieudonné, lui, dort peu. Se replonge dans le dossier. Et se met la pression. Il sait que son client reçoit régulièrement des courriers d'avocats qui lui proposent d'assurer gratuitement sa défense. Simplement intéressés par la vitrine médiatique. Mais le « petit collaborateur » tient le choc. Et c'est dans ce contexte que s'ouvre le procès en appel, en décembre 2019. Les faits sont toujours aussi accablants. Mais la cour s'aperçoit de l'état du prévenu. Jour après jour, il est de plus en plus compliqué de l'extraire de sa cellule pour le faire asseoir sur le petit banc en bois dédié aux prévenus. Il a du mal à supporter les audiences de plusieurs heures. Il finit par ne plus venir.

L'audience, elle, est plus apaisée. Il y a moins de journalistes. Moins de pression. Mais Romain Dieudonné la vit mal. Tout en bataillant sur le fond, il arrache tout de même la libération de son client pour raisons médicales, le 12 février 2020. Isabelle Balkany file donc immédiatement à la prison de la Santé. Garée en double file, adossée à la Mini-Cooper de son fils, enchaînant les cigarettes et les coups de fil, elle attend la sortie de son « homme ». Immortalisée, la scène donnera lieu à des centaines de détournements sur Internet. Avec une question existentielle : la photo serait-elle mieux en guise de pochette d'album de rap ou d'affiche pour un thriller politico-financier ? Pas vraiment le temps d'y réfléchir. Le maire de Levallois est conduit immédiatement à l'hôpital Cochin.

Pendant ce temps-là, la cour d'appel délibère. Nous sommes en mai 2020 quand elle prononce une sentence encore plus lourde qu'en première instance. Sans réelle surprise. Avec le recul, Romain Dieudonné sait qu'il ne pouvait en être autrement. Le dossier était accablant. Son client, pas facile. « Quand on dit que le client est le pire ennemi de l'avocat, celui-là en est un, sourit-il avec tendresse. Je n'ai aucune colère contre lui. Plus du fatalisme. Il ne peut pas faire autrement… » Et l'avocat de se souvenir des nombreux interrogatoires qui peuplent les pages du dossier. « On préparait les choses en amont. Je lui disais qu'il fallait garder le silence. Il était d'accord. Mais arrivé dans le bureau du juge, il ne pouvait s'empêcher de se mettre à parler. On s'est retrouvé parfois avec des auditions de six heures sur des pages et des pages alors qu'on avait prévu de ne pas répondre aux questions des juges, comme la loi nous le permet pourtant… »

*

Patrick Balkany est entier. Il a forgé son succès politique sur son franc-parler, son bagout. Mais, face à la justice, cela ne pardonne pas. Exclu de sa mairie de Levallois-Perret, il se refait donc une santé dans son moulin de Giverny avec son épouse. Tout en se demandant si la justice le renverra au ballon, une fois qu'il ira mieux. Son avocat se démène pour éviter ça. Et début 2021, Romain Dieudonné est en mesure de le rassurer. L'avocat vient d'obtenir que les époux Balkany purgent leur peine sous la forme d'un placement sous surveillance électronique à domicile. Un bracelet au pied certes. Mais une propriété de mille mètres carrés, dix chambres, une piscine chauffée, un hammam, un court de tennis et un jardin arboré de quatre hectares en guise de prison, c'est autre chose que les neuf mètres carrés d'une cellule. « Ce placement sous bracelet est logique vu leur âge et leur état de santé, analyse aujourd'hui l'avocat. Mais je maintiens que c'était une très belle décision de justice obtenue quand on regarde la peine à laquelle ils avaient été condamnés... »

Les Balkany n'ont pas conscience de leur chance. En attendant que leur recours soit examiné par la Cour de cassation, ils se moquent des contingences. Et continuent de brûler la vie par les deux bouts. Dans les bureaux de l'administration pénitentiaire, l'alarme des bracelets résonne bien trop souvent. Autant de fois qu'ils dépassent le périmètre autorisé. Les époux expliquent que c'est parce que leur propriété est « trop vaste ». Qu'ils doivent promener les chiens. Et aller chercher le courrier au portail. Cela pourrait s'entendre. Mais dans le même temps, ils rechignent à rembourser à l'administration fiscale les lourds dommages et intérêts qu'ils ont été condamnés à verser et continuent de prendre la justice de haut. Tancée par une conseillère pénitentiaire d'insertion et de probation, Isabelle Balkany n'hésite pas à lui faire un bras d'honneur en plein rendez-vous, à claquer son sac à main sur le bureau et à s'en aller. Chez les Balkany aussi, en cas de contrariété, on se lève et on se casse !

Mais la justice n'est pas l'Académie des César. Et début 2022, elle retire la mesure de placement sous bracelet électronique aux anciens élus en raison des multiples manquements à leurs obligations. « Tout a déconné, reconnaît Romain Dieudonné. Mais sur ce point-là, j'en veux un peu aux magistrats. J'ai été prévenu au dernier moment. S'ils avaient constaté des dérives, il fallait m'appeler. J'aurais peut-être pu faire quelque chose pour les ramener à la raison... » Trop tard. Le 4 février, la justice ordonne la réincarcération. Les médias sont déjà devant le moulin de Giverny. Patrick en profite pour faire une interview en direct pour dénoncer l'acharnement des juges à son encontre. Dans le même temps, à l'étage, sa femme fait une nouvelle tentative de suicide...

« C'est encore une période très compliquée, confirme Romain Dieudonné. Isabelle est hospitalisée. Pendant ce temps-là, Patrick part à la prison de Fleury-Merogis. Il a eu le droit à une permission de sortie pour se rendre à son chevet à l'hôpital. Mais c'est tout... » Conscient qu'il ne faut pas faire de vagues, l'ancien maire se mue en détenu modèle pendant près de cinq mois. Son avocat a promis de le sortir de là. Alors, il patiente. Dans sa cellule, il fume des cigarillos en regardant les autres détenus jouer au football, à travers ses barreaux. Il compte les buts. Et durant l'été, il obtient sa libération sous conditions.

Romain Dieudonné sermonne son illustre client et son épouse. Leur dit de ne plus faire de vagues. Mais il ne peut s'empêcher d'avoir de l'affection pour eux. « Je ne vois pas du tout ce dossier comme un caillou dans ma chaussure. Au contraire, j'en conserve de bons souvenirs. » Lorsqu'on lui demande s'il s'agit du dossier de sa vie, il répond du tac-au-tac : « Non, c'est le procès le plus médiatique assurément. Mais il y a quelque temps, j'ai plaidé pour une victime aux assises. Cette femme m'a fendu le cœur. Cela n'a pas fait une ligne dans les journaux. Mais c'est aussi important pour moi. »

Mais sans doute moins encombrant. Dans son bureau, il a installé les trente tomes des procédures Balkany au-dessus de son armoire, juste à portée de regard. « Ils sont bien alignés. Je ne me vois pas les descendre à la cave, pour l'instant... » Ce serait sans doute une mauvaise idée : en marge de l'affaire de fraude fiscale, la justice n'a pas exclu de venir réclamer des comptes aux anciens barrons des Hauts-de-Seine, dans d'autres dossiers, toujours en cours d'enquête.

Remerciements

Cela va sans dire, mais toujours mieux en le disant : ce livre n'aurait jamais pu exister sans la confiance des éditions du Rocher. Merci en particulier à ce cher Arnaud qui a su m'écouter, m'orienter et me laissait une très grande liberté, dans ce projet. Tout en gardant cet enthousiasme rafraîchissant au fil des mois passés à me lire et à me motiver.

Évidemment, je veux ici remercier les dix avocats qui peuplent ces pages. Dans leurs agendas surchargés, ils ont su trouver un petit créneau pour se livrer et se raconter. Pour chacun, je veux dire ma gratitude. Au-delà des mots noircissant les pages, je n'oublierai pas ces moments partagés autour d'un café dans une brasserie parisienne, d'un repas dans un petit restaurant de Boulogne-sur-Mer, dans une gare ou dans un cabinet propret des Yvelines. Ce livre est aussi pour moi une façon de rendre hommage à leur travail qui me passionne depuis plus d'une décennie et le symbole de l'admiration que je leur porte. Au-delà de ces dix cas particuliers, je veux aussi saluer l'ensemble des avocats et magistrats avec qui je suis en contact et qui partagent, au quotidien, cet intérêt pour le théâtre de la vie que constituent les tribunaux et cours de notre pays.

Un mot aussi pour mes confrères journalistes et en particulier pour ceux de l'Association confraternelle de la Presse judiciaire qui ont su m'accueillir en leur sein, avec douceur et bienveillance, dans un monde qui en manque parfois. Je pense évidemment à Stéphane et Corinne, mes parrain et marraine au sein de cette belle structure. Qui ont ouvert les portes de ce monde qui m'impressionnait tant. Sans oublier mon « binôme » qui se reconnaîtra et qui se souviendra de la cornemuse de Riom et de la cathédrale de Metz.

Je voudrais évidemment remercier mes proches. Celle qui, au-delà du rôle de première relectrice, a surtout su trouver les mots pour me dire que je pouvais y arriver. Ce dont je doutais. Sans toi, ce livre ne serait pas là. Delphine également pour son aide, sa patience et sa franchise. Et Nathalie dont le chemin s'est éloigné du mien depuis quelques années, mais qui sait qu'elle restera la première à m'avoir fait croire que c'était possible. Ce livre n'est pas celui que tu imaginais mais tu le liras avec plaisir, j'espère. Enfin, ces remerciements ne seraient pas complets si je n'incluais pas mes parents qui, il y a une vingtaine d'années maintenant, m'ont donné la chance de pouvoir aujourd'hui exercer le métier que j'aime.

Table

Mise en pages réalisée par
Jacques Motllo – 66470 – Sainte-Marie-la-Mer
153/2024

IMPRIM'VERT®

Achevé d'imprimer par CPI,
en février 2024
N° d'imprimeur : 178787

Dépôt légal : mars 2024

Imprimé en France